JEANNE DE MORTEPAILLE

Direction éditoriale : Paola Grieco
Direction artistique : Dorian Danielsen, Stéphanie Baronchelli
Création graphique : Tiphaine Rautureau
Suivi éditorial et maquette : Caroline Merceron
Correction : Romain Allais

WWW.GULFSTREAM.FR

Couverture : Noëmie Chevalier

ISBN : 978-2-35488-623-3

Loi 49-956 du 16 juillet 1949 sur les publications destinées à la jeunesse

SOPHIE NOËL

JEANNE DE MORTEPAILLE

Les Passeurs de savoirs

2

Gulf stream éditeur

À Adèle, ma petite sorcière adorée

Ce sont les étoiles, les étoiles tout là-haut
qui gouvernent notre existence.

William Shakespeare

CHAPITRE 1

Des vacances mouvementées

La créature s'était assise au bord du lit, dans la pénombre. Seule une bougie vacillante éclairait la pièce humide et sale.

— Trouver son Focus… D'abord trouver ce satané Focus ! Et puis aussi un moyen de l'attirer devant la porte aux scorpions… Si elle est parvenue à entrer dans la prison des délits mineurs, à la vitesse où elle progresse, ça ne devrait pas être trop difficile de pénétrer dans les prisons des grands criminels ! Quelle aubaine pour moi !

La créature se pencha vers la bougie, tournant lentement les pages d'un livre de sa main gantée.

— Il faut que je finisse de le déchiffrer…

Effectuant un mouvement de va-et-vient, sa longue queue sans poils fouettait l'air avec vigueur. La voix reprit, aigre et mauvaise :

— Jeanne, *tuus Focus brevi mihi erit* !

— Hein ? Achille, un sorcier ? s'écria Charles, assis par terre dans la chambre de Jeanne.

Il avait ouvert des yeux ronds comme des billes et les avait gardés ainsi tout le temps qu'elle avait raconté comment s'était passé le bal des sorcières.

— Et Vanina et Léonard aussi ? demanda le garçon, qui ne s'en remettait pas.

— Non, pas eux. Enfin, pas que je sache.

— C'est vrai que rien ne le laissait paraître, continua Clarisse, complètement enfoncée dans l'énorme siège mauve en forme de poire.

Jeanne mordit dans son pain au chocolat et répondit en postillonnant des miettes partout :

— Ben, si tu vas par là, personne ne peut deviner que moi aussi je suis une sorcière.

Charles et Clarisse regardèrent leur amie. C'était bizarre de se dire qu'elle était une sorcière. Oh, bien sûr, une sorcière débutante, qui n'avait pas encore commencé la véritable formation pour le devenir. Mais quand même : ils étaient fiers de leur amie, qui n'était pas une fille comme les autres, et à laquelle ils étaient liés par le serment des Sentinelles.

Charles leva ses deux bras en l'air, puis les fit claquer sur ses cuisses :

— C'est pas faux, avoua-t-il.

Jeanne les avait invités à goûter pour leur raconter le fameux bal, qui avait eu lieu la veille. Elle avait des tonnes de choses à leur dire et savait qu'ils mouraient d'envie de savoir comment cela s'était passé. Ils l'avaient écoutée décrire les épreuves de son examen, la rencontre avec les dix autres sorciers de sa future classe, et l'arrivée imprévue et violente des sorciers des douzième et treizième clans.

— Mais dis-moi, tes sorciers-des-vents-mauvais, là, comment ils ont débarqué dans ton Laboratoire ?

— Un vrai mystère. Nous nous sommes réunis après la fête, avec Fin-Galad, Rébellion, Pétronille et Azalée, pour essayer de comprendre. Ce qu'il s'est passé, c'est que, au moment où j'ai envoyé les invitations pour ceux de ma classe à l'aide de la bassine d'eau bouillonnante, un miroir de la mezzanine s'est brisé. Rébellion et moi avons couru voir ce qu'il se passait, et, pendant ce temps, les bulles-messagères qui emportaient mes invitations ont aussi emporté d'autres enveloppes. Mais je ne sais pas comment ça se fait.

— Je comprends rien à ton histoire de bassine… fit Charles en se grattant la tête, ce qui lui fit une coiffure encore plus bizarre que d'habitude.

— Je ne vous ai jamais montré ?

— J'avais vu la bassine, assura Clarisse, mais je n'avais pas pensé à te demander à quoi ça servait. En fait, pour moi, une bassine, c'est une bassine, quoi. Mais c'est vrai que, dans ton Laboratoire, les choses ne sont pas ce qu'elles devraient être.

— Ouais, c'est ça. En fait, expliqua Jeanne, le liquide de cette bassine bout en permanence.

— Cool pour se faire des œufs à la coque à toute heure du jour et de la nuit, déclara Charles en riant.

— Oui, enfin, c'est pas tout à fait une casserole pour cuisiner. Elle produit des bulles qui sont des messagères et peuvent emporter n'importe quel objet après l'avoir miniaturisé.

— Alors, ça ! Oh, ben… Alors, ça… J'en reviens pas…

Clarisse et Jeanne commencèrent à rire devant la tête de Charles.

— On a remarqué, fit Clarisse, qui commençait à être gagnée par un fou rire.

— Bon, je continue mon histoire. Ce qu'il faut savoir, c'est que personne ne peut pénétrer dans mon Laboratoire si je ne l'y ai pas invité. C'est une mesure de sécurité qui fonctionne dans tous les Laboratoires de tous les sorciers.

— Eh ben si c'était pareil pour ma chambre, ça empêcherait mon imbécile de frère de rentrer tout le temps sans ma permission.

— Charles ! Tu me laisses finir ?

Charles fixa le bout de ses pieds en acquiesçant. Souvent, il se sentait totalement dépassé par ce que lui racontait son amie. Heureusement, son sens de l'humour légendaire (même s'il était un peu lourd, parfois) lui permettait de prendre un peu de recul.

— Oui, oui, pardon, Jeanne. Continue.

— Bref, le soir, quand mes camarades de classe sont arrivés, on a commencé la fête, et soudain il s'est passé un truc horrible : nous nous sommes retrouvés paralysés et plongés dans le noir total par des sorciers du treizième clan.

— Le clan d'Achille, alors.

— C'est ça, Charles, le clan d'Achille.

— Mais comment vous avez fait pour vous en sortir ? s'inquiéta Clarisse.

— On s'est mis tous les onze ensemble pour combiner nos pouvoirs et on les a combattus. Mais ça n'a pas été facile. Ils sont forts, et certains sont des sorciers adultes déjà très entraînés. En plus, ils n'ont pas de code d'honneur, comme nous, ce qui leur ouvre des possibilités infinies…

— Mais je ne comprends pas, s'étonna encore Clarisse, qui s'enfonçait de plus en plus dans son fauteuil, comment ça se fait que ni Fin-Galad ni Nennvial ne soient venues à votre secours.

— Ben ça, c'est la bonne question. Je pense que Rameau a réussi à bloquer les communications entre mon Laboratoire et mes Grands-Maîtres.

— C'est inquiétant, dis donc, poursuivit l'amie de Jeanne, pensive.

— Mais ce n'est pas le plus inquiétant, vous savez…

Clarisse et Charles se redressèrent en voyant le visage défait de Jeanne, qui reprit :

— Une des sorcières du treizième clan m'a dit que… que j'allais être « l'instrument par qui Maître Rameau triomphera »…

Des larmes montèrent aux yeux de la jeune fille. Clarisse se leva précipitamment et vint prendre Jeanne dans ses bras. Charles, plus maladroit dans ce genre de situation, s'était rapproché et lui tapotait la main.

— Qu'est-ce que j'ai, dites… Pourquoi je ne suis pas comme les autres sorcières ? Pourquoi c'est sur moi que Rameau compte pour triompher ? Je ne comprends rien. Et les Grands-Maîtres non plus. Je ne sais plus où j'en suis, j'ai envie de redevenir normale, comme avant, quand je n'étais qu'une fille comme les autres, sans rien savoir de cette histoire de sorcellerie…

Ils restèrent un instant silencieux, puis Charles reprit d'un ton qu'il voulait joyeux :

— Arrête ! C'est génial, quand même, d'être une sorcière. Vois le bon côté des choses : quand t'auras fini ton apprentissage, tu vas faire des trucs de ouf ! Je sais pas, moi, lire dans les pensées de nos parents, transformer nos profs en ver de terre, hypnotiser la boulangère pour qu'elle nous donne plus de pains au chocolat…

Jeanne sourit. Charles avait le chic pour calmer ses angoisses.

Elle lui attrapa la main, puis celle de Clarisse.

— Heureusement que vous êtes là, tous les deux.

Le lien qui les unissait était très fort, bien plus qu'une simple amitié. Charles se leva d'un bond en tirant ses amies.

— Allez ! Il fait beau ! Je vous propose qu'on aille faire un tour dehors. D'ac ?

— Y a longtemps qu'on n'a pas été au manoir, on pourrait aller se balader dans le parc, on ne l'a jamais fait, poursuivit Clarisse, qui trouvait que l'idée de Charles était très bien pour se changer les idées.

Jeanne se leva avec le sourire.

— Vous avez raison, c'est une bonne idée.

Le soleil de ce mois de mars commençait à réchauffer l'atmosphère. Les premiers signes du printemps mettaient tout le monde de bonne humeur, et les trois enfants se mirent en route vers le manoir en discutant de choses et d'autres. Charles était particulièrement bavard.

— N'empêche, si tes pouvoirs nous permettaient de gagner au loto, on pourrait acheter le manoir. Ce serait cool !

— À qui il appartient, au fait ?

— Ah ouais, t'as raison, on ne sait même pas. Du coup, il est à tout le monde, non ?

— C'est pas sûr. Il doit bien avoir un propriétaire, quand même.

Tout en continuant à parler, ils pénétrèrent dans l'immense parc boisé qui retentissait du chant des oiseaux. Le manoir, imposante bâtisse en ruine aux murs gris délavés, aux vitres brisées, au toit dont les tuiles tombaient régulièrement, étalait son ombre au milieu des arbres centenaires. Les trois enfants le dépassèrent, puis, après une centaine de mètres, découvrirent un petit sentier qui serpentait entre la végétation.

— On le suit ? fit Charles, enchanté. Il nous amènera peut-être quelque part…

— Ben ça, forcément, répondit Clarisse, qui se tourna vers Jeanne et continua : bon ! Et maintenant que t'as douze ans et que t'as passé tes premières épreuves, qu'est-ce que tu vas faire ?

— Pour l'instant, pas grand-chose, répliqua Jeanne. La rentrée des sorcières, c'est en septembre.

— Ah ! Comme nous alors. On rentrera au collège en même temps que toi dans ton école de sorciers.

Jeanne fit claquer ses bras le long de son corps.

— Je te signale que je rentrerai en sixième au même collège et en même temps que vous.

Clarisse, qui était perspicace et curieuse, voulait en savoir plus :

— Mais alors, là, pour la fin de l'année, tu n'as plus rien à faire ?

— On n'a pas rien à faire, protesta Charles, avec les évaluations de fin de trimestre.

Les vacances de Pâques approchaient, et leur maîtresse accumulait les contrôles, au grand désespoir de certains.

— Non mais je voulais parler de sa formation de sorcière, quoi ! Comme quand elle avait des sorts d'entraînement à faire tous les jours…

— Je ne sais pas trop encore, mais ce qui est sûr c'est que j'ai terminé l'entraînement. Je sais juste que je devrais aller quelquefois dans ma nouvelle classe…

Ils continuèrent à marcher tranquillement dans les bois qui s'épaississaient de plus en plus. Charles interrompit le silence.

— Et au fait, vous faites quoi, pendant les vacances de Pâques ?

— Moi, je vais chez ma grand-mère en Auvergne, dit Clarisse. Y aura mes cousins, on va super bien s'amuser !

— Moi, expliqua Jeanne, mon père revient de voyage et va devoir repartir pendant trois mois aux États-Unis. Alors, avant qu'il reparte, on va passer une semaine au bord de la mer tous les trois dans une maison que mes parents ont louée.

— Ouah la chance ! s'exclama Charles. Eh ben moi, figurez-vous que je ne pars pas. Mes parents ont du boulot par-dessus la tête, comme ils disent. Et je vais rester là à garder mon horrible frangin et à m'ennuyer comme un rat mort.

Les deux filles compatirent. Jeanne se dit qu'elle aurait pu proposer à Charles de venir avec elle en vacances, mais son père avait bien dit qu'il voulait profiter de ce temps en famille avant son long séjour en Amérique. Alors il préférerait sûrement être seul avec sa femme et sa fille. Après tout, ce n'était que pour une semaine, Charles s'en remettrait.

Il flottait dans l'air une odeur d'herbe et de terre très agréable. Les trois enfants arrêtèrent à nouveau de parler quelques instants pour en profiter. Même Charles, qui aimait donner son avis sur tout, se taisait. Chacun profitait du calme. Soudain, au détour du chemin qui sinuait entre les arbres, ils aperçurent une grande étendue d'eau entourée d'arbres, avec en son centre un îlot minuscule sur lequel se trouvait une cabane en bois, pas très haute, avec une porte bancale.

— Vous avez vu ? fit Jeanne, c'est bizarre cette cabane au milieu de l'étang.

— Qui a bien pu construire une cabane à cet endroit ? fit Charles en s'approchant davantage du bord de l'eau. En plus, il n'y a aucun moyen d'y aller, visiblement.

— Oui, c'est ça qui est bizarre, répondit Clarisse. Faudrait une barque.

Charles commença à fouiller dans la végétation à l'entour.

— Je me demandais s'il n'y en avait pas une cachée quelque part. Ou alors on se fait un radeau avec des branches et comme ça on pourrait aller voir. Ce serait génial, non ?

— Regardez, fit Jeanne qui se penchait sur l'eau. On dirait qu'il y a quelque chose, là...

Les deux autres se penchèrent aussi et scrutèrent attentivement dans l'eau.

— Quoi, quelque chose ?

— Je ne sais pas, ça grouille de… de je-sais-pas-quoi.

— Non, je ne vois rien, constata Clarisse.

— Moi non plus. C'était quoi, exactement, Jeanne ?

La jeune sorcière ne savait pas trop bien. Il lui semblait avoir remarqué un mouvement dans l'eau. Et elle avait un mauvais pressentiment.

— En fait, fit-elle, je le sens pas bien, cet endroit. Y a un truc… qui… qui me gêne. Je ne saurais pas vous dire quoi. On s'en va ?

— Je ne vois rien de bizarre, moi, observa Charles, t'es sûr que c'est pas un crapaud ou une bête comme ça ?

— Non, je ne crois pas. Je veux qu'on parte. S'il vous plaît !

Ils firent demi-tour sans un mot. Jeanne se retourna plusieurs fois vers l'étang et la petite construction de bois.

Oui ! Un mauvais pressentiment.

Mais quoi.

Par la minuscule fenêtre de la cabane, deux yeux violets scrutaient attentivement les trois jeunes qui repartaient vers le manoir.

— Plus qu'une semaine, et ce sont les vacances, murmura Charles à Jeanne pendant le cours de mathématiques.

— Ouais, chouette, parce que j'en ai marre, des maths. Le reste, ça va, mais les maths...

— Vous ne voulez toujours pas retourner au manoir ? On pourrait y aller après l'école.

Les trois amis ne s'y étaient pas rendus depuis mars.

— Non, ce soir, je ne peux pas. À dix-huit heures, j'ai une réunion très importante dans l'Entre-Deux.

Clarisse entra dans la conversation :

— Mais dis, comment tu fais avec tes parents. S'ils te cherchent ou bien s'ils t'appellent, et que t'es pas là ?

— Il paraît qu'on en parlera très bientôt avec Fin-Galad. Il existe des sortes de techniques pour éviter ces petits problèmes... Enfin, je vous dirai.

Dans le coin opposé de la classe, Achille lança un œil mauvais dans leur direction. Jeanne donna un coup de pied à Charles sous la table, et ils se turent instantanément. Dès que le jeune sorcier du treizième clan s'approchait d'elle, Jeanne avait le cœur qui s'accélérait et ressentait quelque chose d'étrange et désagréable dans tout son corps. C'est pour ça qu'elle l'évitait le plus possible. Mais ils étaient dans la même classe et étaient amenés à se côtoyer souvent. Ça n'allait pas être facile.

Leur enseignante, madame Hanneton, se leva de sa chaise et commença à parcourir les rangées en regardant les cahiers. Chacun se remit au travail, et Jeanne se concentra sur ses divisions. Elle se fit aussi la réflexion que la dernière semaine avant les vacances était toujours la plus longue et la plus fatigante.

Un peu avant dix-huit heures, la chatte Rébellion interrompit Jeanne, qui terminait ses devoirs dans sa chambre.

— Allez, fillette, il va être l'heure de la réunion.

— J'suis fatiguée, Rébellion. C'est quoi, cette réunion ?

Rébellion sauta allègrement sur le bureau de sa jeune maîtresse et planta ses yeux bleus dans les yeux gris de la jeune fille.

— Tu ne peux pas manquer la première réunion après la Nuit des Sorcières, Jeanne. Tu vas découvrir ta classe, tu vas y retrouver tous tes camarades apprentis-sorciers, et Fin-Galad va vous présenter les passeurs de savoirs qui vous donneront les premières informations sur votre formation. Je pense que ça t'intéresse, non ?

— Ah ouais ! Chouette ! Non mais je te disais ça parce que j'ai du boulot par-dessus la tête, mais c'est génial de revoir les copains. Bon, en même temps, ça me stresse un peu aussi…

Rébellion comprenait bien que l'épisode de la Nuit des Sorcières avait dû être éprouvant pour Jeanne.

— Je m'en doute, mais ne te fais pas de souci, on ne te lâche pas, tu sais ? Allez, viens, fillette, on file au Laboratoire.

Jeanne regarda le vieux jogging qu'elle avait enfilé pour être à l'aise en rentrant chez elle.

— Attends, laisse-moi deux minutes pour me changer. J'ai envie de porter des habits un peu mieux.

Rébellion s'assit sur le lit de Jeanne, la regardant prendre un pantalon vert bouteille avec des poches sur les côtés et un grand tee-shirt avec des rayures vert pâle et violettes.

— Y a pas, t'aime les couleurs !

Jeanne sourit, s'habilla rapidement, mit ses baskets blanches, puis elles dévalèrent les escaliers, firent le tour de la maison et pénétrèrent dans la cave. Machinalement, Jeanne appuya sur la pierre en forme de croissant, dévoilant le passage secret. Elles descendirent l'escalier et arrivèrent devant la porte du Laboratoire. Jeanne se pencha vers l'oreille sculptée en relief dans le bois et récita les dix premières mesures de *L'Enfant et les Sortilèges,* de Maurice Ravel. C'était son mot de passe, un air de musique qu'elle aimait particulièrement et que personne ne pouvait entendre, l'oreille de bois absorbant tous les sons du code par mesure de sécurité.

Chaque fois qu'elle entrait dans son Laboratoire, Jeanne était surprise par sa taille. Il couvrait probablement toute la maison, et peut-être même une partie du jardin. Il était composé de plusieurs pièces, sur plusieurs niveaux.

Rapidement, Rébellion et elle montèrent sur la mezzanine où se trouvaient de nombreuses glaces, dont l'une était le passage vers l'Entre-Deux. Sans hésiter, elles passèrent au travers d'un des miroirs, se retrouvant immédiatement dans le bureau de Pétronille Corbeille et Azalée Bongrain, les deux Petits-Maîtres gardiennes du passage.

Seule Azalée était à son bureau, un dossier ouvert devant elle, marmonnant des mots qu'on ne comprenait pas.

— Bonjour, Azalée, tout va bien ? lança Jeanne.

— Bonjour ! Oui, oui ! Je mets de l'ordre dans nos papiers. Avec le tempérament brouillon de Pétronille, ce n'est vraiment pas simple. Je l'ai incitée à en faire autant parce que ses étagères débordent… J'ai décidé qu'il était temps de faire un grand ménage, ici !

Jeanne sourit. En matière de rangement, Azalée était un peu plus organisée que Pétronille, mais ce n'était pas non plus extraordinaire. Elle s'abstint de le lui dire.

— On file à la réunion, dit Rébellion.

Le Petit-Maître bougonna quelques mots incompréhensibles, leur faisant un signe vers la porte de l'Entre-Deux.

Jeanne n'aimait pas trop ces couloirs mal éclairés. De part et d'autre, des portes donnaient sur des lieux qu'il était difficile d'imaginer. Jeanne en avait déjà fait l'expérience, qui n'avait pas toujours été agréable. Elle se souvint de la prison où elle avait pénétré par erreur et où elle s'était évanouie. Mais ces portes donnaient aussi sur certains endroits du village, comme la quincaillerie de Fin-Galad… enfin, madame Héloïse Théobald, comme on l'appelait dans le monde des Simples. C'était là également, dans ces longs couloirs comme des labyrinthes, qu'on pouvait accéder au Hameau.

Chaque porte était surmontée d'un emblème gravé dans la pierre qui symbolisait ce qu'on allait y trouver. Ils n'étaient pas faciles à décrypter, mais Jeanne commençait à s'en faire une bonne idée. Par exemple, la porte menant chez Fin-Galad, Grand-Maître de la prévoyance, était surmontée d'un écureuil, connu pour être un animal très prévoyant. Au-dessus de la porte menant au Hameau était sculptée une horde de chevaux. Rébellion avait expliqué à la jeune sorcière qu'ils représentaient la puissance, la liberté, mais surtout l'harmonie et l'esprit d'équipe qui liaient ses habitants. La chatte fit signe à Jeanne de la suivre dans les méandres des couloirs. Elles s'arrêtèrent devant une porte surmontée d'un poisson et d'un bélier, signes astrologiques des jeunes nés au mois de mars.

— Nous y voilà, dit Rébellion en regardant Jeanne comme si elle l'inspectait. La Classe-Mars.

— La Classe-Mars ?

— Oui, ta classe. Celle des jeunes sorciers nés au mois de mars. Allez, frappe à la porte.

Après qu'elle eut frappé, la porte s'ouvrit toute seule sur une grande pièce claire et haute de plafond. Elle était meublée dans un mélange de modernité et d'ancien. Deux murs étaient recouverts de tableaux jusqu'au plafond, sauf aux endroits où étaient adossées des commodes en chêne foncé sur lesquelles se trouvaient des objets de toutes sortes : globes terrestres, maquettes du Système solaire, ordinateurs portables, vases, cages à oiseaux vides, pots de crayons, boîtes en tout genre. Un des murs était recouvert d'étagères pleines de livres. Le quatrième était un écran géant.

Au centre, les tables étaient regroupées par quatre. Dans un coin, à droite du bureau du professeur, un passage menait à une autre pièce où Jeanne crut distinguer des paillasses, comme celles de la salle de SVT qu'elle avait vue quand sa classe avait visité le collège où elle irait l'an prochain.

Les grandes fenêtres, entre les tableaux, donnaient sur une forêt. Jeanne se demanda quelle pouvait être cette forêt. Appartenait-elle au monde des Simples ? Au Hameau ? Mais elle n'eut pas le temps d'approfondir sa pensée car Fin-Galad s'avança vers elle.

— Bonjour, Jeanne. Tu es la première, déclara la grande femme, dont les prunelles bleu marine brillaient derrière les lunettes rondes et rappelèrent à Jeanne que son Focus était l'un de ses yeux.

— Nous sommes dans le Hameau ? demanda Jeanne timidement.

— Non, pas du tout. Cette salle se trouve dans le monde des Simples. Pas besoin, pour le moment, d'aller dans le Hameau pour votre formation.

Comme elle disait ces mots, on frappa à nouveau à la porte, et six jeunes de l'âge de Jeanne, accompagnés de leurs chats, entrèrent les uns après les autres. Ils étaient tous les élèves de sa classe de sorcellerie : Brune, Albine, Manel, Elias, Farah et Arthur.

Jeanne quitta Fin-Galad pour aller saluer ses amis. Ils s'étaient quittés quelques jours plus tôt, après la cérémonie de la Nuit des Sorcières. Mais, même s'ils ne s'étaient vus qu'une seule fois, ils avaient déjà tissé une très forte amitié et avaient l'impression de se connaître depuis toujours. Jeanne, qui était particulièrement nature, embrassa tout le monde. Brune la serra dans ses bras avec affection. C'était une jeune fille avec qui Jeanne se sentait en confiance depuis la première fois qu'elle l'avait vue : sa peau foncée et ses cheveux crépus faisaient ressortir ses incroyables yeux vairons. En effet, Brune avait un œil bleu et un œil vert qui lui donnaient un visage très original. Manel fut plus retenu dans ses effusions. Il avait une attitude nonchalante qui pouvait passer pour de l'indifférence, mais Jeanne savait que ce n'était pas le cas. Il était juste comme ça, étrangement beau avec sa peau mate, ses cheveux ondulés et ses yeux bleu foncé, toujours habillé en noir des pieds à la tête. Il fit à Jeanne un léger sourire que la jeune fille lui rendit en rougissant très légèrement. Elias, lui, avait déjà commencé à faire le tour de la pièce, n'attendant pas vraiment qu'on l'y invite. Mais c'était Elias. Jeanne ne le connaissait pas encore très bien, mais elle avait remarqué lors de la Nuit des Sorcières qu'il ne s'encombrait pas avec la bienséance et faisait un peu ce qui lui passait par la tête.

À peine s'étaient-ils dit bonjour que Céleste entra à son tour, accompagnée d'un magnifique chat angora blanc, puis ce furent Jules, Rabah et Victoria.

Les Maîtres-Chats se regroupèrent au fond de la pièce, et Jeanne perçut le ronronnement typique qu'elle entendait chaque fois que Rébellion dialoguait par transmission de pensée. La jeune sorcière avait particulièrement bien développé ce don de télépathie et pouvait facilement lire dans les pensées des autres si elle le décidait. Les onze chats étaient en train de parler entre eux, et Jeanne n'insista pas : Rébellion avait bien le droit à un peu d'intimité.

Fin-Galad proposa aux onze jeunes de s'asseoir autour des tables. Brune et Jeanne se mirent ensemble, avec Manel et Elias en face d'elles. Après le brouhaha des retrouvailles, plus personne ne parlait, attendant la suite. Le Grand-Maître fit un signe par la fenêtre restée ouverte. Aussitôt, un immense corbeau noir aux reflets bleu nuit entra dans la pièce, vola majestueusement au-dessus des têtes des élèves et vint se poser sur le bureau face à eux.

— Je vous présente Nyx, Grand-Maître des passeurs de savoirs, déclara Fin-Galad.

La grande femelle corbeau parcourut la pièce du regard sans rien dire. Une de ses pattes avait une boursouflure, comme si elle avait été cassée. Son bec était pointu, et on avait l'impression que ses yeux lançaient des éclairs. Jeanne se sentit intimidée par la présence et la force qui émanait d'elle.

Un autre bruit attira l'attention des jeunes sorciers vers la fenêtre. Deux autres corbeaux entrèrent à leur tour. Le Grand-Maître fit les présentations :

— Je vous présente Iris et Phoebe.

Elles étaient toutes les deux plus petites que Nyx. Iris avait une aile qui déclinait toutes les couleurs de l'arc-en-ciel, et Phoebe une lune blanche dessinée à la base de son cou.

Iris prit la parole d'une voix un peu grave et légèrement cassée :

— Bonjour à tous et bienvenue dans l'antre des passeurs de savoirs. Nous allons passer plusieurs mois ensemble, pour votre formation, et nous nous en félicitons. Nous vous donnerons les détails de votre programme quand les choses sérieuses commenceront.

— C'est-à-dire le 1er septembre, continua Phoebe, qui avait une voix incroyablement mélodieuse. En attendant, vous allez avoir la possibilité de vous détendre et de découvrir le monde de la sorcellerie progressivement.

— Vous avez jusqu'en septembre pour faire connaissance, tous les onze, reprit Iris. Nous organiserons une rencontre par semaine, avec plusieurs activités pour favoriser la cohésion de votre groupe : jeux divers, conférences, projections de films, et même un premier cours de cuisine avec le Lutin Gourmand.

Les jeunes sorciers se regardèrent. Leur formation commençait drôlement bien.

— J'sais pas ce que c'est que le Lutin Gourmand, mais sinon elle a l'air cool, cette formation ! s'exclama Elias en remettant en place pour la énième fois sa mèche brune qui lui tombait sur les yeux.

Le regard de Jeanne fut attiré par la cicatrice sur la lèvre supérieure du jeune garçon. Elle se souvint que son Focus se trouvait sur cette cicatrice. Cette constatation la rendit soudain triste : son propre Focus ne s'était toujours pas manifesté, et elle était la seule à ne pas en avoir.

Une voix grinçante retentit soudain dans la classe, la tirant de ses pensées.

— Ne te leurre pas, jeune Elias. La formation n'est pas encore commencée. Ce sera alors beaucoup moins… cool, comme tu dis.

Tous tournèrent la tête vers Nyx. Elle n'avait pas bougé d'un centimètre. Seuls ses yeux balayaient l'espace. Elias arrêta de rire et baissa la tête. Jeanne, qui depuis qu'elle avait rencontré Maître Rameau n'était pas impressionnée par grand-chose, prit alors la parole :

— Vous pouvez nous en dire un peu plus sur notre formation ? Ça va durer combien de temps, par exemple ?

— Vous avez tous fait votre initiation, période pendant laquelle vous avez dû réactiver votre mémoire et votre instinct de sorcière ou de sorcier, rappela Iris. À partir de là, je dirais que le plus gros du travail est fait. Tout est réactivé en vous. Il vous faut maintenant affiner vos connaissances pour passer les rites des quatre piliers.

— Le pilier de la prévoyance, énonça Phoebe.

— Le pilier de la clairvoyance, continua Iris.

— Le pilier de l'audace, fit encore Phoebe.

La voix grinçante de Nyx retentit à nouveau dans toute la pièce :

— Et le pilier du silence !

Justement, un long silence s'ensuivit. Tous regardaient le grand corbeau. Autant Iris et Phoebe étaient agréables et ouvertes, autant Nyx ne faisait pas aux enfants une très bonne impression. Elle les inquiétait même un peu. Jeanne jeta un œil sur Fin-Galad, qui gardait un léger sourire aux lèvres. Sa haute taille la rendait elle aussi impressionnante, mais Jeanne savait de quelle bienveillance elle était capable. Un rayon de soleil vint frapper l'étoile que le Grand-Maître portait en pendentif autour du cou, rappelant à Jeanne que chacun des sorciers avait une bonne étoile, comme elle, qui avait découvert Unuk Elhaia quelques mois plus tôt.

Iris continua les explications :

— Pour vous préparer aux rites du code de conduite de la sorcellerie, vous aurez cinq mois de formation pour chaque pilier.

— Mais tout cela vous sera dévoilé en son temps, signala Fin-Galad, qui n'avait pas quitté la fenêtre sur laquelle elle était appuyée, jetant régulièrement des regards au-dehors.

Jeanne pensa aux leçons que lui avait données Rébellion lors de sa préparation, quand elle lui répétait tout le temps « en son temps, tu le découvriras en son temps… », et elle ne put s'empêcher de sourire.

— Allez, continua le Grand-Maître, nous vous accordons un temps de détente dans l'espace de récréation.

Phoebe vola jusqu'au mur couvert de livres et donna quelques légers coups de bec sur une étoile de cuivre encastrée dans le bois de l'étagère. Aussitôt, le mur entier pivota, découvrant aux jeunes un espace incroyable : une salle (mais était-ce vraiment une salle tant elle semblait interminable ?) était remplie d'arbres et de plantes, comme des hologrammes. Des lianes tombaient du plafond (mais y avait-il vraiment un plafond ?), révélant par endroits des bancs, des cabanes, des fontaines, toutes sortes de machines. Iris y pénétra en volant devant les jeunes sorciers interloqués, et expliqua :

— Voici donc votre espace de jeux et de détente. Ces pauses sont obligatoires et hautement nécessaires. Vous y trouverez des activités ou des machines permanentes, comme la fontaine à eau parfumée, le distributeur de goûter, le télescope, les cabanes dans les arbres, le labyrinthe, le coffre à déguisements et d'autres encore.

Phoebe entra à son tour et continua :

— Mais vous aurez également des animations temporaires, des activités qui changeront régulièrement pour être remplacées par d'autres, pour varier les plaisirs…

— … et les apprentissages ! précisa Fin-Galad.

— Les apprentissages ? s'étonna Brune.

— Tu verras qu'on s'instruit aussi très bien par le jeu, continua le Grand-Maître. Ici, tu découvriras de nouvelles choses sans même t'en rendre compte et des manières différentes de mettre la magie en application. C'est un point très important de notre pédagogie.

— Eh ben, si ça pouvait être la même chose à l'école, soupira Elias.

Tous se retournèrent vers lui en souriant. C'était vrai qu'apprendre en s'amusant c'était tentant. Fin-Galad leva un doigt en l'air d'un air docte :

— Mais attention ! Ne rien faire aussi est important. C'est pour ça que vous trouverez dans ce lieu l'arbre à ne rien faire. Je vous conseille d'y aller à chaque récréation.

— Oui, oui, on y pensera, fit Arthur en secouant sa tête aux cheveux roux, qui surmontaient un visage plein de taches de rousseur. Il se dirigea vers le labyrinthe dont les haies formaient des murs impénétrables.

— Qui me suit ? ajouta-t-il.

Les jeunes se dispersèrent dans l'espace tandis qu'Iris volait de l'un à l'autre en répétant :

— Aujourd'hui, l'activité temporaire, c'est le toboggan. Allez l'essayer. La semaine prochaine, ce sera une autre activité…

— Je suis curieux de voir comment un simple toboggan peut être une animation intéressante, marmonna Elias en se dirigeant avec Jeanne et Manel vers la plate-forme en bois destinée à les amener tout en haut, au départ de la descente. En s'élevant, ils avaient une vision plus vaste de l'espace, même si elle était parfois gênée par les lianes. Ils pouvaient voir leurs amis dans le labyrinthe, qui semblait complexe et particulièrement inextricable. Certains s'arrêtaient, repartaient en sens inverse, appelaient les autres. Arthur essayait même d'escalader les haies, sans succès.

Arrivés en haut, les trois jeunes sorciers purent lire un écriteau qui annonçait *Toboggan de l'espace*. Elias bondit sans attendre sur la piste et disparut en un rien de temps dans un tournant. Après quelques instants, Jeanne se lança littéralement dans la descente, suivie de près par Manel.

Ce qu'ils découvrirent, à peine partis, était incroyable. Le long toboggan traversait en sinuant des paysages variés : autour d'eux, des montagnes, des mers, des plaines, des plateaux apparaissaient, puis disparaissaient. Au loin, ils entendirent la voix d'Iris :

— Ce n'est qu'un aperçu. Bientôt, vous irez des régions proches aux pays les plus lointains… Une bonne leçon de géographie.

La vitesse était irrégulière et, selon le paysage, plus ou moins rapide. Jeanne n'en perdait pas une miette, regardant à droite et à gauche avec étonnement. Quand elle arriva en bas après quelques minutes de descente, elle tituba un peu en se remettant debout, et Manel qui arriva peu après faillit lui tomber dessus.

— C'était incroyable, lui dit-il en se redressant et en reprenant vite son attitude décontractée.

— Hé ! Les copains ! cria Elias en riant, allez essayer le toboggan de l'espace ! C'est génial !

Les autres étaient enfin sortis du labyrinthe, non sans mal, et avaient tous les joues rougies par l'énervement et leur course entre les haies. Arthur semblait encore plus agité que les autres.

— Ouais ben, le labyrinthe, il a fallu que Phoebe nous guide pour qu'on en sorte. C'est pas du gâteau, moi, je vous dis !

— Celle ou celui qui s'en sort seul aura un cadeau, déclara Phoebe de sa voix mélodieuse.

Tandis que Manel et Elias s'y dirigeaient et que les autres partaient vers le toboggan, Jeanne préféra voir l'arbre à ne rien faire. Brune changea alors d'avis et quitta son groupe pour la rejoindre.

— Je viens avec toi. Ça m'intrigue, cet arbre.

Les deux filles passèrent un fin rideau de coton blanc et pénétrèrent dans le tronc. Là, rien d'exceptionnel, si ce n'est la taille du lieu, bien plus grand à l'intérieur qu'il ne semblait de l'extérieur. Des bancs, des coussins, des sièges confortables attendaient les visiteurs. Jeanne et Brune s'assirent sans un mot. Au début, rien ne se passa, puis quelques notes de musique s'éparpillèrent dans la pièce, calmes, espacées, résonnant tranquillement. Jeanne fut prise d'une douce torpeur et vit que son amie se décontractait aussi. Toutes les deux se mirent à rêver éveillées, sans dire un mot, sans bouger, sans pensées négatives.

Quand elles en ressortirent dix minutes plus tard, il ne leur était rien arrivé, elle ne s'était rien dit, on ne leur avait rien montré ni appris, mais elles étaient toutes deux paisibles, sereines, avec une cargaison d'images positives en tête.

Au même moment, un carillon tinta, lançant dans l'air ses sons harmonieux ainsi qu'une traînée de poudre de lumière. Il sonnait la fin de la récréation. Tous les jeunes se regroupèrent dans la salle de classe, l'air épanoui, face à Fin-Galad, dont le visage affichait un bon sourire.

— Alors, ça vous a plu ?

— Ah, mais c'est bien plus que ça ! dit Victoria en entourant son visage rond plein de taches de rousseur de ses deux mains potelées. C'est… Comment dire…

Chacun y alla de son compliment :

— Génial…

— Fabuleux…

— Incroyable…

— Extraordinaire !

— Encore mieux qu'un parc d'attractions, lança Manel.

— Ouais ! Et sans les interminables files d'attente ! précisa Elias.

Fin-Galad passe entre les tables, satisfaite.

— Bien. Je suis contente que cela vous plaise. Car, comme nous vous le disions, cela fait partie de votre formation. Dans les mois à venir, avant la rentrée des classes, vous pourrez faire les activités permanentes et tester un condensé des activités temporaires. Ensuite, quand viendra l'heure de votre formation, dès septembre, vous programmerez vos activités selon vos affinités, vos lacunes ou vos désirs. Ah, au fait, vous avez pensé à prendre votre goûter au distributeur ?

Les jeunes se regardèrent et se levèrent dans un bel ensemble pour retourner à la machine-à-tartines. Puis ils revinrent à leur place, chacun avec une énorme tranche de pain beurrée, avec de la confiture de fraises, de groseilles ou d'abricots, ou encore de gros carrés de chocolat noir.

En croquant à pleines dents dans les tartines, tous les jeunes sorciers, sans exception, pensèrent à ce moment-là que leur formation allait vraiment être canon.

Couchée à plat ventre sur son lit, Jeanne lisait un livre pour l'école, *Question pour un crapaud*, l'histoire d'un garçon dont le tatouage de crapaud sur la main lui soufflait toutes les réponses aux questions qu'on lui posait. Jeanne ne put s'empêcher de penser à ses propres dons de télépathie. C'était l'art dans lequel elle était la meilleure. Posant son livre, elle se concentra pour appeler Rébellion. Comme à son habitude, celle-ci passa par la fenêtre et vint se planter devant sa jeune maîtresse.

— Tu m'as appelée ?

— J'ai plein de questions sans réponses, moi, Rébellion.

— Pose-les, fillette. Si je peux, je te répondrai.

— Tu sais que je vais partir pendant les vacances de Pâques avec mes parents…

— Oui, il faut qu'on en parle. Une réunion de Maîtres est prévue demain soir pour décider de ce que l'on va mettre en place pour ta sécurité.

— D'accord, mais il n'y a pas que ça. Comment je fais, moi, si j'ai besoin d'aller au Laboratoire ? Je ne pars pas au bout du monde, mais ce n'est pas la porte à côté non plus.

— Alors là, ça ne pose vraiment aucun souci.

— Pardon ?

— J'ai dit que ça ne posait aucun souci…

— Oui, oui, je t'ai entendue, mais je ne comprends pas.

— Imagine que tu n'es pas la seule apprentie-sorcière au monde. Et tu n'es pas la seule à partir en voyage. Et que forcément, il existe un moyen ultra rapide pour revenir au Laboratoire.

— Ouaaahh ! Je vais me téléporter, alors ?

— Presque.

Jeanne n'en revenait pas. Elle en apprenait un peu plus chaque jour sur toutes les possibilités des sorcières et comptait bien en profiter.

— Alors, dis-moi : comment on fait ?

— Suis-moi ! On va au Laboratoire.

Quand elles y furent, Rébellion alla droit vers la bassine à bulles.

— Et voilà.

— Voilà, quoi ?

— Là, devant toi…

— Ben, c'est ma bassine à bulles.

La bassine en fer, remplie d'un liquide mordoré, bouillait en permanence. Des bulles s'en échappaient, et allaient s'éclater contre les murs. C'était cette bassine qui avait servi à envoyer les invitations aux sorciers de la classe de Jeanne pour la Nuit des Sorcières.

— Elle ne sert pas uniquement à envoyer du courrier. Elle peut aussi transporter des… personnes.

— Non !

— Tu mets ma parole en doute ?

— Non, non, Rébellion, c'était un « non » d'étonnement. Mais tu peux m'expliquer comment ça marche ?

— Tout simple : tu entres dans une bulle, et elle t'emporte où tu as décidé.

— Oui, tout simple, en effet.

— Comme je te disais.

— Mais enfin, Rébellion, ce n'est pas simple du tout ! Comment on fait, s'il te plaît, pour entrer dans une bulle ? C'est carrément pas possible !

— Ahhh ! C'est ça qui te pose problème ? Ne t'inquiète pas, il suffit juste que tu sois miniaturisée.

— Ben voyons. Et comment je me miniaturise ?

— Avec ta bague à quatre anneaux.

Jeanne regarda la bague qu'elle portait toujours à l'index de la main gauche. Elle était composée de quatre anneaux entrelacés : l'un en or, le deuxième en argent, le troisième incrusté de rubis et le dernier de saphirs. À l'intérieur de chacun, de minuscules inscriptions étaient gravées dans une langue inconnue. Pour l'instant, Jeanne n'avait pas cherché à savoir ce que cela signifiait.

— Tu sais que cette bague a de nombreux pouvoirs. Il existe une formule que je vais t'apprendre et que tu devras dire en touchant ta bague : elle te permettra de te miniaturiser. C'est aussi facile que ça.

Jeanne resta bouche bée. Se miniaturiser. Voyager dans une bulle. Mais quel rêve ! Une idée lui passa par la tête.

— Mais, j'y pense, je ne vais tout de même pas emporter la bassine en vacances avec moi, tout de même !

— Ben non, bien sûr. Il existe une bassine portative.

— Portative…

— Tu arrêtes de répéter tout ce que je dis ?

— Non mais avoue que tu me dis des trucs un peu bizarres, quand même ! Et donc, elle est où, ta bassine portative ?

— Là, sur les étagères, derrière toi.

Jeanne se retourna et regarda la petite boîte en fer avec un couvercle que Rébellion lui montrait.

— Mais c'est tout petit.

— Tu n'as besoin que d'une bulle. Elle a la taille suffisante.

— Et si le liquide se renverse ?

— Vas-y, essaie de retourner la bassine…

— Tu es sûre ?

— Vas-y !

Jeanne put sans difficulté retourner la bassine, qui était étonnamment légère. Le liquide bouillonnant resta au fond de son récipient, continuant à bouillir comme si de rien n'était. La jeune fille fit une mine étonnée.

— En revanche, il ne faut pas se miniaturiser trop souvent. Ça prend énormément d'énergie et ça peut t'affaiblir considérablement.

— OK ! Donc je mettrai ma bassine portative dans ma valise avec un peu de liquide.

— Voilà. Quand je te disais que c'était simple. Bon, et tes autres questions ?

— Je n'y avais pas pensé avant, mais si jamais mes parents se demandent où je suis, quand je suis au Laboratoire…

— Très bonne question. Il est temps que je te montre l'emploi d'un des miroirs de la mezzanine.

Elles grimpèrent toutes les deux les marches qui menaient là où de nombreux miroirs plus ou moins grands et des glaces en pied étaient entreposés. La plus grande d'entre elles était celle qui donnait sur l'Entre-Deux. Rébellion désigna à Jeanne un miroir de petite taille dont le contour en métal était gravé de personnages stylisés.

— Tu vois les fines gravures autour de celui-là ? demanda la chatte. Qu'est-ce qu'elles représentent, à ton avis ?

Jeanne s'approcha et observa attentivement le métal.

— Ce sont des personnages. Il y en a des grands qui donnent la main à des plus petits, on dirait.

— Et ça ne te rappelle rien ?

— Non, pas spécialement. Ça devrait ?

— Regarde mieux.

— Le plus petit personnage a une étoile au-dessus de sa tête, mais pas les deux grands.

— Et alors ?

Jeanne comprit soudain ce que cela signifiait.

— Ce sont mes parents ! Et là, sous l'étoile, c'est moi ! s'écria-t-elle, heureuse d'avoir trouvé.

— Exactement. Ce miroir est donc ce qui te permet d'observer ta famille et de savoir à tout moment où ils sont ou s'ils te cherchent. Mais il y a mieux. Tu vois la minuscule étoile argentée en bas à droite, là ?

— Oui. C'est quoi ?

— Si tu lui en donnes l'ordre, elle se relie à ta propre télétoile, qui t'avertit par un signal spécifique quand ta mère ou ton père t'appelle.

— Mais on ne peut pas le décrocher, le miroir ? Comme ça je pourrais tout le temps l'avoir sur moi et vérifier ce qu'ils font, non ?

— Mauvaise idée…

— Ben pourquoi ?

— Parce que tes parents ont aussi besoin de leur intimité. Ils doivent pouvoir être tranquilles sans que tu les espionnes en permanence. Tu comprends ?

— Ah oui. Tu as raison.

— Il faut tout de même que tu comprennes que ta condition de sorcière n'est pas sans contraintes et que tu dois aussi faire preuve de stratégies pour déjouer tous ces petits pièges du quotidien. En attendant, maintenant que je t'ai montré ça, il faut que je te laisse. Une importante réunion est prévue au Hameau, et je dois y aller.

— C'est à propos de moi ?

Rébellion hésita un instant.

— Oui. Fin-Galad doit nous faire part de ses récentes découvertes, même si j'ai cru comprendre qu'elle ne savait pas grand-chose de nouveau. Nous devons aussi déterminer quelles protections t'allouer pour ton séjour en bord de mer.

— Je n'ai plus Mousquette ?

— Bien sûr que si, mais nous pensons que ce n'est plus suffisant, vu la situation…

Mousquette, la jeune femelle épervier qui suivait Jeanne partout, était un veilleur. Jeanne avait déjà pu constater que son instinct protecteur, sa rapidité et sa vue perçante faisaient d'elle un redoutable garde du corps malgré sa petite taille. On ne savait pas exactement ce que risquait la jeune sorcière, et il était plus prudent de mettre en place d'autres protections. Tandis que Rébellion se dirigeait vers l'Entre-Deux pour rejoindre le Hameau, Jeanne sortit du Laboratoire avec un petit pincement au cœur : elle espérait que ses vacances, loin du laboratoire et de ses protecteurs, n'allaient pas virer à la catastrophe.

— Tu es prête, Jeanne ?

Les vacances étaient enfin arrivées. Jeanne se sentait soulagée que ce deuxième trimestre soit terminé. En plus du rythme de travail qui s'intensifiait, elle était de plus en plus mal à l'aise avec Achille. Quand il était à proximité, elle ressentait toujours une désagréable impression, comme des fourmillements dans tout son corps.

— Oui, maman. J'ai terminé ma valise. On part dans combien de temps ?

— Je termine les sandwichs pour la route, et on part.

Agnès Rossignol était la spécialiste des petits toasts au pain de mie à grignoter en voiture : rillettes-cornichons, crème de roquefort-concombre, œufs-tomates, jambon-pickles… Elle en faisait des tonnes, et souvent la famille passait le voyage à s'empiffrer. C'était devenu une tradition, et il ne leur serait pas venu à l'esprit de partir sans les sandwichs.

Jeanne avait rempli sa bassine portative avec de quoi faire quelques bulles-voyages. Le liquide épais bouillonnait dans son minuscule contenant, mais c'était suffisant. Elle emportait aussi avec elle un livre qu'elle devait lire pour l'école et un petit ouvrage qu'elle avait trouvé dans le Laboratoire sur les Astrandes, ces étranges personnages hauts comme trois pommes, hyperactifs, toujours joyeux, dont elle ne savait pas grand-chose. Elle les avait découverts le jour de sa cérémonie d'initiation. Ils étaient apparus tous les trois comme par enchantement dans la salle du Laboratoire où elle passait les tests. Ce jour-là, ils avaient rempli le rôle de goûteur et de testeur, puis avaient disparu aussi vite qu'ils étaient apparus sans que Jeanne ne sache ni où ni comment. Elle n'avait pas eu le temps de poser des questions sur eux à Rébellion alors qu'ils l'intriguaient beaucoup.

Rébellion voyageait en cage, ce qui mit le Maître-Chat de fort mauvaise humeur. Mais comme il avait été convenu que la chatte ne quitte pas Jeanne d'une semelle, elle était bien obligée de se plier aux règles des humains, à savoir qu'en voiture un chat doit toujours voyager enfermé. Elle avait échappé à la pilule calmante que voulait lui administrer Martin Rossignol. Elle se tenait au fond de sa boîte, prostrée, les yeux mi-clos, en faisant semblant de dormir. Jeanne était désolée pour elle, mais ne pouvait rien y faire. Rébellion finit tout de même par s'endormir, rêvant d'être un chat normal, à courir après les souris dans les champs et faire la sieste au soleil.

Heureusement, le trajet qui dura quatre heures passa vite, et, à peine arrivée dans la maison de vacances, la chatte put se défouler les pattes dans le grand jardin qui donnait sur la mer.

Jeanne s'assit sur le muret entre la propriété et la grande plage, lui faisant signe de la rejoindre.

— Il ne fait pas très beau, hein ? fit la jeune fille en regardant l'immense étendue grise devant elle, balayée par un vent frais.

— En même temps, on est à la fin de l'hiver. C'est un peu normal. En tout cas, je plains les chats qui vivent ici. Moi, il me manquerait quand même un peu de chaleur.

— Ah mais, tu sais, on est venus en été, et il faisait super beau !

— Je n'avais pas eu l'honneur de t'accompagner, ces fois-là… Mais quelle plaie, la voiture ! Comment faites-vous pour supporter ça ?

— Si on veut voyager, il faut bien, non ?

— Eh ben non, c'est pas obligatoire du tout. Il existe bien d'autres façons de faire, et la vôtre, dans cette espèce de caisse à roulettes, est bien la plus désagréable ! Bon, sinon, c'est quoi le programme de la semaine, tu sais ?

— Mes parents ont prévu de visiter des choses…

— C'est-à-dire ?

— Ben des villes, des phares, et puis une forêt aussi. La forêt de Brocéliande, je crois.

— La forêt de Brocéliande ?

— Oui, c'est ça. Pourquoi tu prends cet air-là ?

— Parce que, fillette, enfin… Tu sais ce qu'est la forêt de Brocéliande, non ?

— Ça me dit quelque chose, ouais…

— Mais voyons, Jeanne, Brocéliande est un haut lieu de la sorcellerie, là où le sorcier Merlin a vécu !

— Merlin l'enchanteur ? Celui qui… accompagne le roi Arthur ?

— Oui, Merlin le druide, le magicien, le sorcier, celui qui lisait dans les étoiles, qui voyait l'avenir, qui pouvait prendre toutes les apparences, qui parlait aux animaux, et dont les restes du tombeau se trouvent à Brocéliande.

Jeanne fut soudain très intéressée.

— Alors ça, c'est drôlement cool ! Mais il a vraiment existé ?

— Qui sait ? Tu es bien placée pour savoir que les sorciers, ça existe vraiment... Mais chuuut ! Voilà ta mère ! Fais-moi une petite caresse sur le dos, comme si j'étais un chat normal...

Jeanne profita de l'occasion pour faire comme quand elle était petite : elle attrapa Rébellion dans ses bras et la serra bien fort contre elle, avec des tas de bisous. La chatte grogna, puis finalement se laissa faire et s'offrit même le luxe de ronronner un peu.

— Ça va, toutes les deux ? On est bien, là, hein, Jeanne ?

Agnès Rossignol s'assit sur le muret à côté de sa fille et reprit :

— Aujourd'hui, on va rester à la maison, en famille. J'avais envie de faire une partie de Mille Bornes, ça te dirait ?

— Oh oui ! s'exclama Jeanne en se levant et en lâchant Rébellion de toute sa hauteur, ce qui eut pour effet de lui tirer un miaulement désapprobateur. On y va ?

La fin de la journée se déroula bien tranquillement, à discuter, jouer et rire. Il y avait longtemps que Jeanne n'avait pas passé une journée normale en famille, et cela lui fit beaucoup de bien.

Le lendemain matin, ils se levèrent tôt car ils avaient une journée très chargée. Ils avaient laissé Rébellion dans la maison et avaient repris la voiture pour faire presque quatre-vingts kilomètres.

Jeanne s'était habillée chaudement avec un jean où sa mère avait collé une grosse fleur en tissu sur la cuisse pour masquer un trou, un sweat-shirt long, vert foncé, décoré d'un chat à lunettes (ce qui faisait bien rire Rébellion), une écharpe bariolée d'une longueur interminable et son vieil anorak bleu marine.

Quand ils arrivèrent dans la forêt de Brocéliande, Martin leur expliqua d'un ton professoral :

— Alors, je vous explique l'organisation de la journée. On suit la randonnée qui s'appelle le « sentier des fées ». J'ai pensé que ça te plairait, ça, Jeanne. Ça fait onze kilomètres, et on s'arrête pour voir des lieux typiques. Par exemple le Chêne creux, qui a plus de mille ans, ou la Fontaine Argent, où l'eau scintille comme le métal et où les druides soignaient les maladies mentales. Qu'est-ce que t'en penses, Jeanne ?

— Ça me plaît bien ! Surtout que je connais un garçon dans ma classe qui ferait bien d'aller se soigner là, répondit-elle en pensant à Achille.

— Et ce soir ? ajouta Agnès, tu m'as dit que tu avais aussi prévu quelque chose ?

— Oui, oui, ce sera la surprise. Ça va nous faire rentrer très tard, mais tant pis ! Vous allez voir, je suis sûr que ça va vous plaire.

En attendant, ils garèrent la voiture et commencèrent leur randonnée en discutant joyeusement. Elle ne l'avait pas encore aperçue depuis qu'elle était arrivée sur leur lieu de vacances, mais Jeanne entendit soudain le cri caractéristique de Mousquette, son épervier-veilleur. Elle se demanda comment l'oiseau avait pu arriver aussi vite depuis chez elle, mais Mousquette était un animal aux nombreux pouvoirs, dont une vivacité et une rapidité hors-normes.

Jeanne, après lui avoir fait un petit signe discret de la main, n'y pensa plus. Ici, elle se sentait en sécurité, loin de Rameau et de ses adeptes. Elle se concentra sur la lecture du guide que son père avait acheté, qui racontait de nombreuses anecdotes et légendes sur la région.

C'est en arrivant au Chêne creux que Jeanne se rendit compte qu'elle ne serait finalement jamais tranquille, où qu'elle aille.

Au début, tout se passa normalement.

— Il a vécu dix siècles, lut Agnès dans son guide. Vous vous rendez compte ? Dix siècles ?

Le chêne était particulièrement remarquable : son tronc faisait environ dix mètres de circonférence, ses branches hautes étaient grosses comme de jeunes arbres. Son écorce, épaisse, ridée et tortueuse, s'ouvrait sur une caverne sombre.

— On peut y entrer, fit Jeanne, amusée ?

— Si tu veux. Le tronc est complètement creux, en fait. Nous, on ne peut pas, mais toi tu dois pouvoir t'y glisser.

Jeanne ôta son sac à dos et se faufila par l'ouverture. L'intérieur du chêne était sombre et sentait bon. Émue, elle se répéta qu'elle était au cœur d'un arbre qui avait connu la Révolution française, Henri IV et même le Moyen Âge. C'était incroyable. Elle caressa ses parois rugueuses avec l'impression de sentir la sève qui coulait dans les veines du bois. Une drôle d'impression même, comme si la sève commençait à s'écouler sur ses doigts, sa main. Soudain, saisie d'effroi, elle se rendit compte qu'une substance gluante était en train de la recouvrir en émettant une sorte de grésillement. Lentement. Inexorablement. Le pire, c'est qu'elle pouvait à peine bouger. Tous ses mouvements étaient ralentis, et, quand elle voulut crier pour appeler ses parents, un son faible, sourd et pâteux sortit de sa bouche. Encore trop novice, elle n'avait aucune idée du sort qui pourrait arrêter ce processus, et ne pouvait non plus atteindre son poignet sous la peau duquel Pétronille avait inséré une minuscule télétoile qui lui aurait permis d'appeler Mousquette. La sève était tiède et semblait vivante, se glissant sous ses vêtements. Ses bras et ses jambes en étaient recouverts, et le liquide visqueux commençait à gagner son torse, quand elle sentit une présence à ses côtés. Paniquée, elle imagina que c'était Rameau – car qui d'autre pouvait s'en prendre à elle ainsi – mais elle fut immédiatement rassurée en entendant une petite voix dans sa tête.

— Jeanne, je suis Musty. Un veilleur. Je suis à tes pieds et je vais t'aider à te débarrasser de la sève. Tu dois demander que ton corps soit nettoyé. Nous allons le faire ensemble, d'accord ? Répète après moi, plusieurs fois : « *Abluis corpus !* »

Jeanne se concentra. Elle était de plus en plus engourdie, comme si la sève gagnait aussi son esprit. Mais le veilleur qui était à ses pieds avait l'air de posséder une force étonnante car, dès qu'il prononça mentalement la formule, elle se sentit gagnée par une puissante énergie.

— *Abluis corpus !* répéta-t-elle plusieurs fois, sentant refluer la sève. *Abluis corpus ! Abluis corpus ! ABLUIS CORPUS !*

Soudain, alors que la formule gagnait en force, répétée par Musty et Jeanne à l'unisson, la sève disparut. D'un coup. Chose étrange, il n'en restait pas une miette. Jeanne passa sa main sur ses bras, ses jambes, se demandant même si elle n'avait pas rêvé : non seulement il n'y avait plus trace de sève, mais sa peau n'était même pas collante.

— Non, tu n'as pas rêvé, fit la voix dans sa tête.

— Qui es-tu ? répondit Jeanne à voix haute. Je ne vois rien, il fait trop sombre.

— Je suis là, contre ta jambe.

Jeanne sentit *quelque chose* se frotter contre sa cheville. Elle se pencha et caressa un petit animal.

— Es-tu un chat ?

— Non, je suis une fouine. Un des veilleurs du Hameau. On m'a demandé de venir en renfort de Mousquette pour ta protection. Dans cette situation, Mousquette n'aurait rien pu faire. Mais moi, je me faufile partout.

— Et tu as une force inouïe, dis donc ! J'étais en train de m'engourdir quand tu m'as insufflé un élan incroyable…

— Merci. Oui, je me débrouille pas mal pour ça… Une de mes spécialités est de décupler les forces des sorciers.

— Mais que m'est-il arrivé exactement ?

— Je n'en sais rien. Une chose est sûre, c'est que c'est l'œuvre de Rameau, le Maître-Violet. Mais pourquoi ? Et comment ? Ça reste un mystère. Je ferai mon rapport à Fin-Galad, et ils poursuivront leurs recherches.

La voix d'Agnès Rossignol lui provint de l'extérieur de l'arbre.

— Eh ben, Jeanne, tu parles toute seule, maintenant ?

— Tes parents vont s'inquiéter, reprit Musty. Tu ferais mieux d'ailleurs de toujours me parler par télépathie.

— Oui, j'y penserai. Merci pour ton aide, Musty. Tu vois, je me croyais en sécurité loin de Mortepaille, mais je me rends compte que ce n'est pas vrai…

— Rameau est partout, Jeanne. Et ses disciples aussi. Ne l'oublie jamais. Allez, sors de l'arbre, maintenant, comme si de rien n'était. Ah ! Et puis, fais attention à ne pas trop rester seule. Je serai toujours dans les parages, mais la présence de tes parents te protège un peu.

Jeanne sortit et retrouva son père et sa mère tranquillement assis sur un banc un peu plus loin.

— On continue ? proposa Martin.

— Ouais ! Bonne idée, fit Jeanne d'un ton enjoué alors qu'elle tremblait encore de ce qui venait de lui arriver.

— Ah ! Moi je trouve que c'est vraiment un endroit magique, ici, remarqua Agnès.

Elle ne croyait pas si bien dire.

Jeanne et ses parents continuèrent leur chemin. Quand ils arrivèrent au tombeau de Merlin, Jeanne fut très déçue. Elle s'attendait à un monument impressionnant, à la mesure du grand sorcier. Mais elle se trouva en face de trois grosses pierres adossées les unes aux autres. Devant sa mine contrariée, sa mère expliqua en lisant le guide :

— À l'origine, c'était une allée couverte de douze mètres de long, mais tout a été détruit par des chercheurs d'or.

— Ah ! Bon ! Parce que je me disais... C'est pas terrible quand même, trois gros cailloux tordus, pour un sorcier si célèbre...

— De toute façon, reprit son père, on dit que Merlin n'est pas mort. Alors pas besoin de tombeau...

— Dans le guide, continua Agnès, ils disent qu'il serait peut-être enfermé dans une caverne richement décorée, ou dans une tour d'air, ou dans un tronc... Ou alors ce serait toute la forêt de Brocéliande qui serait sa prison.

— Moi, fit Martin, je pense qu'il est là-dessous. Écoute, Jeanne, ça sonne creux quand on tape.

— Dessous ? Tu crois ? répondit la jeune fille en donnant un coup de talon sur une dalle plate. Ah ouais, t'as raison ! Ça résonne, comme s'il y avait une caverne…

Ils se tinrent silencieusement devant les pierres, imaginant ce qu'il pouvait bien y avoir dessous.

Ce fut Agnès qui rompit le silence :

— Tu peux lui laisser un message, ou faire un vœu, Jeanne. Il paraît que Merlin les reçoit tous.

C'était une excellente idée, et Jeanne se concentra pour faire un vœu, en posant sa main sur une des grosses pierres qui formaient le tombeau.

« Merlin, toi qui es sorcier, toi qui connais tout, écoute mon vœu, s'il te plaît. Je voudrais être une sorcière comme les autres, avoir un Focus, ne pas être le centre d'intérêt de Rameau, être normale, quoi. Enfin, normale pour une sorcière, je veux dire. Merlin, tu peux faire ça pour moi ? Je suis sûre que tu peux m'aider. »

Puis elle ferma les yeux, tentant de projeter son esprit et son message partout autour d'elle. Alors qu'elle ne s'y attendait pas, le bourdonnement typique de son étoile, Unuk Elhaia, se fit ressentir, puis une voix venue de nulle part résonna en elle, dans une langue qu'elle ne connaissait pas, mais qu'elle comprit immédiatement.

— *Ce qui fait ta force, c'est justement de ne pas être comme les autres. Ta destinée exceptionnelle, c'est justement de ne pas être comme les autres. Accepte-le, car tu n'as pas le choix…*

La voix s'estompa. Le bourdonnement de son étoile aussi. Jeanne tomba sur le sol, évanouie.

— Tu nous as fait une sacrée peur, fit Agnès en soutenant la tête de sa fille. Qu'est-ce qui t'est arrivé, ma pauvre chérie.

Jeanne réfléchit à toute allure pour trouver une explication à son malaise.

— J'ai très faim, maman. Je crois que je n'ai pas assez mangé, ce matin, au petit déjeuner. Tu n'aurais pas quelque chose pour moi ?

Agnès fouilla rapidement dans son énorme sac et en sortit un de ses fameux sandwichs.

— Et tiens, une pomme ! Ça va te faire du bien.

Ils s'assirent tous les trois tandis que Jeanne mangeait.

— Euh… Je prendrais bien un petit truc à grignoter moi aussi, supplia Martin. T'as vu l'heure ? C'est normal que Jeanne se soit sentie mal : il est midi passé, et on a bien marché, en plus.

— OK. Alors on pique-nique là. Vous n'avez pas froid ?

Le fond de l'air était un peu frais, mais c'était tout à fait supportable, et ils décidèrent de manger en face du tombeau de Merlin. Jeanne évitait de le regarder. Même si la voix qu'elle avait entendue était bienveillante, toutes ces vibrations et la déclaration lui avaient fait un choc. Elle avait hâte d'en parler avec Rébellion. Qu'est-ce que c'était que cette histoire de destinée exceptionnelle ?

Ça commençait à faire beaucoup pour elle. Beaucoup trop.

Son attention fut ramenée à la réalité par des petits chuintements aigus qui provenaient de derrière un arbre. Elle se leva et expliqua à ses parents qu'elle avait besoin de faire quelques pas.

— T'es sûre que ça va aller, ma chérie ? demanda sa mère.

— Oui, maman, sors-moi un autre sandwich. En fait, j'avais vraiment très faim. Ça m'arrive des fois, avant la cantine, d'avoir la tête qui tourne. Quand j'ai faim, moi, ça rigole pas.

Jeanne tentait de rassurer ses parents, et de se rassurer elle-même au passage. Elle arriva près de l'arbre d'où provenait le bruit et y trouva Musty qui l'attendait. C'était une très jolie fouine au pelage gris-brun, avec des taches blanches au niveau de la gorge, une tête triangulaire aux oreilles arrondies et une longue queue touffue.

— Que tu es belle ! remarqua Jeanne en utilisant la télépathie. Je n'avais jamais vu de fouine en vrai ! Mais… tu m'as appelée ?

— Oui. Mousquette et moi nous demandions ce qui t'était arrivé près du tombeau de Merlin.

Jeanne expliqua en quelques mots, répétant exactement le message qu'elle avait entendu quand elle avait touché les pierres du tombeau.

— Alors ça, c'est pas banal, confirma Musty. Retourne à ton pique-nique. Je voulais juste m'assurer que tu allais bien. On en reparlera.

Jeanne repartit vers ses parents. Ils terminèrent leur pique-nique et reprirent la randonnée sur le « sentier des fées ». Rien de particulier ne se passa, d'autant que Jeanne resta près de ses parents, ne tentant plus quoi que ce soit toute seule. Elle voyait de temps à autre Musty sillonner entre les arbres avec agilité et entendait Mousquette, dans le ciel, qui lançait parfois un cri aigu. La jeune fille était rassurée de les savoir toutes les deux près d'elle.

* * *

Le soir, ils dînèrent dans une crêperie pour le plus grand bonheur de Jeanne, qui adorait les crêpes. Elle commanda une galette saucisse fromage, puis une crêpe au citron, tandis que sa mère, encore plus gourmande qu'elle, dévora une crêpe au chocolat ensevelie sous la crème chantilly.

Martin leur dévoila alors ce qu'ils allaient faire de leur soirée.

— J'ai réservé trois places pour la nuit des conteurs…

— Quoi ? s'écria Agnès. Mais on va cailler !

— Eh bien figure-toi que non, reprit son mari. Nous allons dans un coin de la forêt, pas loin de la route, je vous rassure, et nous nous asseyons sur des bâches, autour d'un grand feu de bois. Ils ont même prévu des couvertures et des coussins. Un conteur et une conteuse nous diront des histoires de la région pendant une heure et demie. C'est chouette, non ?

— Ah bah si on est assis autour d'un feu, ça me va, approuva Agnès. Parce que là, ce soir, j'en ai plein les pattes.

— Oui, moi pareil, renchérit Jeanne.

— Vous allez voir, ça va être génial, leur assura Martin.

Jeanne n'en était pas si sûre. Elle avait bien compris que toutes les situations où elle était isolée, ou durant lesquelles il faisait trop sombre, faisaient d'elle une proie facile pour Rameau. Elle savait que sa vie n'était pas en danger, mais tout de même, ce n'était pas très agréable. Et puis, avec cet horrible personnage, on ne savait jamais…

Quand le moment du conte arriva, après cinq minutes de marche en forêt balisée par des petites lumières au sol, Jeanne s'installa tout contre sa mère, avec son père de l'autre côté. Là, c'était sûr qu'il ne pouvait rien lui arriver.

Le conteur était un grand homme maigre, à la barbe grise un peu pointue. Jeanne pensa que les druides devaient avoir ce physique-là, autrefois. La conteuse avait une robe noire fluide et un grand châle violet sur les épaules, la peau foncée et de longues dreadlocks retenues par un large bandeau, de grandes boucles d'oreilles et des bagues à chaque doigt.

— Je vous présente Servan, le meilleur conteur de tous les temps, fit-elle d'une voix incroyablement profonde.

— Et voici Sarah, la meilleure conteuse de tous les temps, répondit Servan en présentant la jeune femme.

Ils commencèrent, de leurs deux voix envoûtantes, des contes sur la légende du roi Arthur, sur les druides et sur Merlin. Jeanne ne put s'empêcher de frémir quand elle entendit prononcer le nom de Merlin. Était-ce vraiment lui qui avait prononcé ces mots dans sa tête, près de son tombeau ? Merlin et Arthur, ce n'était qu'une légende, rien d'autre ! Alors qui avait-elle entendu ? Et que voulait dire cette phrase : *Ta destinée exceptionnelle, c'est justement de ne pas être comme les autres !* Jeanne se recroquevilla encore plus contre Agnès, qui passa son bras autour de ses épaules. Ainsi, elle se sentait en sécurité.

Les histoires étaient passionnantes. Les conteurs aussi, ils savaient maintenir leur public en haleine. Jeanne était fascinée et buvait leurs paroles, comme tout le reste de l'assemblée. À un moment, le feu baissa d'intensité. Jeanne, qui s'était un peu redressée, ne s'était pas aperçue que sa mère, fatiguée de sa journée de marche et de son repas trop copieux, somnolait à côté. Une présence se manifesta d'abord dans son dos : une petite bête, qui se frottait contre elle.

— C'est toi, Musty ? demanda Jeanne par télépathie.

— Oui, oui, ne t'inquiète pas, répondit le petit veilleur. Je surveille tes arrières.

La voix de la fouine était teintée de joie. On avait l'impression qu'elle parlait en souriant. Elle diffusait avec ses paroles une gaîté communicative.

— Tu me tiens chaud au dos, en même temps, répondit Jeanne.

— Alors on est bien toutes les deux, là… Et puis moi aussi, j'aime écouter les légendes. Ce qui ne m'empêche pas d'être vigilante, tu sais !

— Il y a longtemps que tu es veilleur ?

— Oh oui ! Ça fait…

Soudain, la voix s'était tue. Jeanne sentit derrière elle des mouvements désordonnés, comme une bagarre. Elle n'osa tout d'abord pas se retourner et se mit à appeler désespérément :

— Musty ! Musty !

Pas de réponse.

— Musty ! Réponds-moi !

Une plainte déchirante parvint aux oreilles de la jeune fille, qui se retourna alors vivement. À la faible lueur du feu, Jeanne découvrit la fouine étendue par terre sur le flanc, une grande tache de sang autour d'elle. Il lui sembla aussi déceler un mouvement dans les fourrés derrière, comme une silhouette familière, mais elle n'y prêta pas attention sur le moment, affolée par la vue de la fouine blessée.

— Musty ! Qu'est-ce qu'il y a ! Musty ! Parle-moi, je t'en prie ! Mousquette ! Au secours, Musty est blessée, et je ne sais pas quoi faire ! Vite !

En un clin d'œil, l'épervier se posa au sol aussi discrètement que possible. Le public, toujours absorbé par les conteurs, ne remarqua rien. Agnès dormait maintenant profondément, et Jeanne se déplaça légèrement vers ses veilleurs.

— Qu'est-ce qui lui est arrivé, Mousquette ? On dirait qu'elle respire encore, mais on ne peut pas la laisser comme ça.

— Tu n'as rien remarqué, toi ?

— Ben si, comme si on se battait dans mon dos, puis plus rien. Elle m'avait parlé quelques secondes avant…

L'oiseau s'approcha davantage de la fouine.

— Elle a été mordue, là, tout près du cou, on dirait.

— Je sais…

— Tu sais quoi, Jeanne ?

— Elle a été mordue par un rat. Je l'ai vu disparaître. J'en suis sûre.

— Rameau !

— Oui, Rameau ! C'est lui… Oui…

— Mais je ne comprends pas. Musty est très douée, elle a un flair hors du commun, des sens en alerte, comme tous les veilleurs, et peut-être même plus… Comment se fait-il qu'elle ne l'ait pas entendu approcher ?

— Lors de la Nuit des Sorcières, personne n'avait remarqué la présence du Maître-Violet. Il sait se faire discret, peut-être même invisible… Mousquette ! J'ai peur ! Qu'est-ce qu'on va faire, maintenant ?

La fouine bougea légèrement en gémissant. Jeanne reprit, de plus en plus affolée :

— Tu ne peux rien faire, toi ? Tu ne peux pas la porter ? L'emmener se faire soigner… Je ne sais pas…

— Elle fait cinq fois mon poids, répondit Mousquette. Moi, je ne peux rien, mais il y a une autre solution…

Au même moment, un cri retentit tout près d'elle. La conteuse, qui marchait entre les spectateurs, venait d'arriver près de Jeanne et regardait Musty au sol.

— Oh non ! Ma fouine apprivoisée !

Agnès se réveilla d'un coup en entendant le cri.

— Hein ? Quoi ? Que se passe-t-il ?

Un gros bazar s'ensuivit. La conteuse se jeta sur la fouine, Mousquette s'envola d'un coup, Agnès demanda à tout le monde ce qu'il se passait, les personnes rampaient jusqu'à Jeanne pour voir la fouine, Servan tentait de ramener le calme…

— Je… je suis désolée, reprit Sarah la conteuse, qui avait pris Musty délicatement dans ses mains. Je dois aller la faire soigner. Je suis vraiment désolée. Servan va terminer, ne vous inquiétez pas…

— Mais c'est normal, fit Agnès, qui avait repris ses esprits. Si c'est votre animal… Je ferais pareil pour mon chat…

— Oui, oui, reprit une autre dame, allez vite la faire

soigner. On comprend.

Et, sans demander son reste, Sarah disparut avec Musty dans le chemin vers le parking.

Jeanne était abasourdie. Tout s'était passé si vite. Qu'est-ce que c'était que cette histoire ? Pourquoi la conteuse avait dit que Musty était *sa* fouine ?

Tandis que tout le monde s'installait à nouveau et que Servan reprenait le conte, Jeanne appela Mousquette par télépathie.

— Tu es dans le coin ?

— Oui, sur un arbre, à proximité. Je regarde si je vois le rat.

— Ne cherche pas, il est déjà loin. Ou transformé en autre chose. Ou invisible… Dis, Mousquette, tu as vu que la conteuse a emporté Musty ?

— Oui, j'ai vu. Elle va aller la soigner.

— Mais comment ça, tu la connais ? Tu le savais ? C'est qui celle-là ?

— Jeanne, je te conseille d'écouter la fin du conte et de te calmer. Tout est rentré dans l'ordre, c'est le principal. Ne pense plus à tout ça.

— Ne pense plus à tout ça… Ne pense plus à tout ça… se dit la jeune fille. Comme si c'était possible.

Mais Jeanne n'avait pas le choix et elle dut à contrecœur se concentrer sur la légende que finissait de raconter le conteur.

Quand la soirée fut terminée, la famille Rossignol reprit la voiture pour rentrer à leur maison de vacances.

— Quatre-vingts kilomètres, Jeanne. Tu vas pouvoir dormir, lui fit sa mère en montant dans l'auto.

— Ben toi, t'as dormi pendant le conte, maman.

C'était la honte, j'te jure…

— Oh non ! J'ai pas ronflé, quand même ?

— T'as pas arrêté !

— C'est vrai ?

— Mais non, t'inquiète.

Personne ne parla de l'histoire de la fouine, et le trajet du retour se fit dans le plus grand des silences. Jeanne, toute à ses pensées, ne sommeilla même pas.

En revanche, Agnès dormit à poings fermés.

❋❋❋

— Je l'ai bien amochée, leur sale fouine. Et si l'autre n'était pas intervenue, je l'aurais achevée… Et en beauté !

La créature tournait en rond en soufflant. Sa silhouette changeait de forme constamment. La longue queue derrière elle vibrait d'énervement.

— J'aime pas qu'on se mette entre ma proie et moi, reprit l'horrible voix. Tous ces veilleurs m'agacent. Je dois mettre au point un plan pour les anéantir. Tous ! TOUS ! Pour qu'enfin Jeanne soit à moi !

Le lendemain, Jeanne raconta sa soirée à Rébellion. Elle avait passé une nuit agitée, et des images de la journée avaient hanté ses cauchemars. La seule chose qui la rassurait un peu, c'est qu'elle avait la certitude que la conteuse était vraiment attachée à Musty – pourquoi ? Ça, elle ne le savait pas, une sorte d'intuition – et qu'elle allait tout faire pour la soigner. Enfin, elle l'espérait.

Quand elle eut tout dit à Rébellion, Jeanne se sentit soulagée, comme si partager ce qu'elle avait ressenti allégeait ses peurs.

— Décidément, je ne peux pas te laisser toute seule sans que tu fasses des bêtises, fit la chatte d'un ton amusé.

— Et ça te fait rire, toi ? Ben dis donc…

— Non, fillette, ça ne me fait pas rire du tout. C'était juste pour détendre un peu l'atmosphère. Tu es en vacances et tu dois aussi lâcher prise.

— Comment veux-tu que je fasse, enfin ?

— J'en suis bien consciente, mais sache que l'équipe de surveillance et de protection autour de toi a été encore renforcée.

— Ah bon ? Qui ça ?

— Écoute, je préfère ne rien te dire. Et j'ai mes raisons. Alors, tu me fais confiance ?

— Ben oui, j'ai pas le choix…

— Alors essaie de penser à autre chose, on s'occupe de toi. Ne t'inquiète surtout pas.

— Je veux bien, mais avant j'aimerais te poser une dernière question. Et que tu me dises la vérité ! Tu as des nouvelles de Musty ?

Rébellion plissa ses yeux bleus. Elle parut embêtée. Mais elle se décida quand même à répondre à Jeanne avec sincérité.

— Sache d'abord qu'elle est en de bonnes mains. Mais, vu sa blessure, elle n'est pas sortie d'affaire. En plus de la plaie, elle a dû subir un sort car on n'arrive pas encore à la réanimer.

— Mais qui est cette Sarah qui…

— Ta, ta, ta… On avait dit une seule question.

Jeanne fut bien obligée d'accepter : elle savait que plus têtue que Rébellion, ça n'existait pas. Elle aurait ses réponses… en son temps.

La jeune fille sortit de sa chambre et rejoignit ses parents.

— Si on allait à la plage, aujourd'hui ? proposa son père.

Sa femme le regarda avec des yeux ronds.

— À la plage ? Par ce temps ?

Un léger crachin tombait depuis le matin.

— En tout cas, heureusement qu'il ne faisait pas ce temps-là pour la soirée conte, reprit Agnès en regardant par la fenêtre.

Jeanne ne put s'empêcher de penser que, s'il avait plu, la soirée conte aurait été annulée, et Musty n'aurait pas été blessée.

— Je voulais dire que nous pourrions aller marcher un peu sur le sable et faire le plein d'iode.

— Ah oui, allons marcher, grimaça Agnès, ça nous changera.

— Maman a raison, c'est pas comme si on avait fait onze kilomètres hier dans la forêt de Brocéliande !

— Rôôô ! Les filles ! Allez, un peu de nerfs ! On ne va pas rester enfermés dans la maison toute la journée, quand même.

— Bon, tu nous laisses la matinée pour nous reposer un peu, négocia Agnès, et cet après-midi, promis, on y va. D'accord ?

Jeanne profita de cette matinée tranquille pour se plonger dans le livre sur les Astrandes. Elle était très curieuse d'en apprendre davantage sur eux car elle avait apprécié leur joie de vivre et leur intarissable énergie lors de son examen d'initiation.

La couverture du livre montrait un Astrande vêtu d'un pantalon vert trop court, de bottines noires à lacets, de chaussettes plissées sur les mollets et d'une veste marron fermée par une ficelle nouée à la taille. Il avait les cheveux longs et blonds qui dépassaient d'un bonnet et affichait un sourire radieux. Jeanne se souvenait que, lors de son examen, les trois Astrandes à qui elle avait eu affaire riaient tout le temps, se faisaient des farces et ne semblaient pas très sages. Celui représenté sur la couverture du livre avait lui aussi beaucoup de malice dans les yeux.

Jeanne découvrit avec surprise que les Astrandes vivaient au cœur du Laboratoire de chaque sorcier, dans les murs. Ils avaient la possibilité d'en sortir et d'y entrer à volonté, mais aimaient les parcourir et s'y blottir dans leurs nids douillets.

« Ce doit être horrible de vivre dans des murs », se dit-elle en se rappelant qu'ils n'étaient pas très grands. Mais tout de même. Elle avait du mal à imaginer qu'ils puissent habiter dans si peu d'espace.

Elle continua sa lecture. Les Astrandes étaient liés à une famille de sorciers. À chaque génération, ils devaient subir une greffe d'un minuscule brin de cheveu de leur sorcier, qui le liait à eux pour toujours. Jeanne allait de plus devoir donner aux trois petits personnages qui vivaient chez elle un prénom à chacun. En échange, ils lui jureraient fidélité. Une cérémonie devait être organisée pour cet échange. Jeanne en fut ravie : elle aimait bien les cérémonies, c'était souvent l'occasion de faire la fête (même si elle avait vécu une mauvaise expérience lors de la dernière).

La page suivante montrait une image des nids des Astrandes. C'était surprenant de constater que, contrairement à ce qu'elle avait pensé, l'intérieur des murs et l'espace où vivaient ces petits personnages étaient bien plus grands que ce qu'on pouvait croire. Ils disposaient d'une pièce en hauteur, avec des hamacs superposés pleins de couvertures et de coussins multicolores. Jeanne se demandait comment ils pouvaient se nourrir quand sa mère l'appela pour déjeuner. Elle ferma son livre à contrecœur : les Astrandes lui plaisaient vraiment beaucoup, et elle rêvait d'en savoir plus sur eux.

Après le repas, Jeanne et ses parents partirent comme prévu faire une balade le long de la côte. Le léger crachin continuait à tomber, et toute la famille avait enfilé les cirés jaunes qui étaient à disposition des personnes qui louaient la maison. Escaladant les rochers, s'arrêtant à chaque flaque d'eau pour observer les crevettes et autres petites bêtes, ils ne s'aperçurent pas qu'ils avaient fait bien plus de route qu'ils n'avaient prévu.

— Oh ! Regardez, là ! fit Jeanne en montrant à ses parents une haute falaise surplombant la mer, formant une avancée terminée par un grand phare blanc et bleu. On y va ?

— Oui, c'est un très ancien phare, mais on ne peut pas y entrer, récita son père qui avait dû apprendre par cœur le guide de la région. L'intérieur est en ruine et très dangereux. Il est interdit au public.

— On peut quand même s'approcher !

— Je croyais que t'en avais assez de marcher.

— Oui, mais là, c'est tellement beau… Et puis…

Jeanne ne savait pas pourquoi, cet endroit lui rappelait quelque chose. Il fallait absolument qu'elle le voie de plus près. Ils grimpèrent tous les trois vers la lande couverte de bruyère. De minuscules sentiers serpentaient entre la végétation en direction du phare. De part et d'autre, les énormes rochers de la falaise étaient envahis d'oiseaux. La fin d'après-midi donnait à l'air une teinte rosée et à la mer une profondeur sombre presque inquiétante. À mesure qu'ils s'approchaient du phare, les bourrasques se faisaient plus nombreuses. Arrivés à son pied, le vent était si violent qu'ils avaient du mal à s'entendre. Jeanne leva les yeux et vit soudain un homme d'un certain âge qui marchait devant eux se diriger vers l'entrée du phare. Elle en fut étonnée, puisque c'était interdit, mais son étonnement fut plus grand encore quand l'homme disparut littéralement au travers de la porte. Au même instant, un autre homme apparut. Lui aussi avait traversé la porte sans même l'ouvrir. La jeune fille se frotta les yeux, se demandant si elle n'avait pas rêvé. L'homme qui venait d'apparaître passa à ses côtés et lui lança un clin d'œil. Il continua son chemin tandis que Jeanne écartait les mèches de cheveux qui lui battaient le visage, de plus en plus étonnée. Soudain, elle comprit : cet endroit était la réplique exacte du phare de la Dame de la Fin des Terres. Mille questions l'assaillirent. Y avait-il un lien ? Était-ce un lieu commun aux deux mondes ? Pouvait-on, ici, passer de l'un à l'autre ? Était-elle là par hasard ?

D'un coup, alors qu'elle s'approchait du bord de la falaise, Jeanne ressentit une vibration dans tout son corps. Ce n'était pas la première fois, et c'était toujours en rapport avec le Hameau. Malgré le vent déstabilisant, elle tourna sur elle-même pour observer ce lieu si particulier : oui, elle en était sûre, cet endroit-là et le Hameau étaient bien liés.

Quand elle rentra dans la maison de vacances, Jeanne n'eut pas le temps d'en parler à Rébellion. Celle-ci, la mine soucieuse, lui annonça dès son arrivée :

— On doit retourner au Laboratoire, fillette. Il y a eu du nouveau, et une réunion est prévue ce soir dans l'Entre-Deux.

Quand vint l'heure de se coucher, les parents de Jeanne s'endormirent sans demander leur reste, fatigués par l'air marin.

Jeanne s'enferma dans sa chambre et sortit sa bassine bouillonnante portative. Le liquide frémissait doucement.

— Alors, qu'est-ce que je dois faire, maintenant ? demanda Jeanne à Rébellion.

— Tu sais bien que cela doit venir de toi... Tu as en toi toutes les réponses, n'oublie pas.

Jeanne se concentra quelques instants, puis, mue par un instinct ancestral, se mit à déclamer sans effort :

— *Bullas, transmutare et transferare ad laboratorium.*

À peine eut-elle prononcé la formule qu'une bulle s'échappa de la bassine en même temps qu'elle-même rétrécit d'un coup. Elle eut un instant la sensation d'avoir passé des vêtements trop serrés, puis se retrouva, pas plus haute qu'une pomme, projetée dans la bulle qui s'éleva dans les airs et s'immobilisa un instant. C'était incroyable ! Jeanne avait l'impression d'être assise sur du gel caoutchouteux tiède, très confortable, dans lequel elle s'enfonçait légèrement. Elle n'osait pas trop bouger de peur de percer la bulle. Elle en sentait à peine les mouvements, même quand elle se propulsa d'un coup au travers des murs à ce qui parut être à Jeanne la vitesse de la lumière. De surprise, elle ferma les yeux, mais les rouvrit rapidement, ne voulant pas en perdre une miette. Tout alla très vite : la jeune fille voyait les paysages défiler à toute allure autour et sous elle, éclairés par des milliers de grains de lumière comme si la Terre en avait été saupoudrée. Une intense sensation d'euphorie s'empara d'elle, et elle désira que cela ne s'arrête jamais.

Malheureusement, elle fut au Laboratoire en un rien de temps, la bulle fondit en se posant au sol, et instantanément Jeanne reprit sa taille normale.

— Ah ! Rébellion ! Tu es déjà arrivée ? Comment as-tu fait ?

— Nous, les chats, avons nos propres moyens de déplacement. Je t'en dirai plus un jour. Mais il ne faut pas tarder. On nous attend.

Comme les fois précédentes, Jeanne et Rébellion passèrent par le grand miroir de la mezzanine, arrivèrent dans le bureau de Pétronille et Azalée, puis pénétrèrent dans les couloirs de l'Entre-Deux. Quand elle vit que Rébellion s'approchait de la porte surmontée de la horde de chevaux gravée dans la pierre, Jeanne s'exclama, toute joyeuse :

— Chouette ! On va au Hameau !

— Oui, mais ne te fais pas d'illusion, fillette. On ne va que dans la salle de réunion. Pas question que tu ailles encore te goinfrer de boulettes pilou au fafana ou de liqueur de fragauras à la gargote du Lutin Gourmand.

Jeanne sourit à l'évocation du Lutin Gourmand. Elle gardait de sa visite au Hameau un souvenir fabuleux. En grimpant l'escalier de la grande tour, elle se demanda ce qui avait bien pu se passer pour qu'elle soit convoquée en urgence pour une réunion. Cela gâcha son plaisir d'être revenue au Hameau.

Pourtant, une surprise de taille l'attendait. En entrant dans la vaste pièce, éclairée de grandes baies vitrées et de la lumière si particulière du Hameau, elle trouva attablée, aux côtés de Fin-Galad et Nennvial, la conteuse de ses vacances : Sarah.

— Bonjour Jeanne, dit Fin-Galad de sa voix posée. Viens t'asseoir avec nous.

Autour de la table se trouvaient également Pétronille et Azalée. La jeune fille ne pouvait quitter la conteuse des yeux et s'assit sur la chaise qu'on lui présentait, en face de Fin-Galad, qui reprit :

— Je te présente Saragan, un de tes Grands-Maîtres. Mais tu as déjà dû la rencontrer si je ne m'abuse.

Jeanne n'en revenait pas. Sarah, la conteuse, la « propriétaire » de Musty, était un Grand-Maître ! Intimidée, elle fit oui de la tête.

— Saragan est Grand-Maître de l'audace. Tu travailleras plus précisément avec elle lors de la session dédiée à son art. En attendant, nous avons à parler d'un sujet très sérieux te concernant.

Tout le monde riva ses yeux sur la jeune fille, qui prit la parole :

— Avant qu'on commence, s'il vous plaît, j'aimerais savoir… comment va Musty. J'ai eu tellement peur.

— Bonjour, Jeanne, fit Saragan. C'est ton droit de savoir. Et les nouvelles ne sont pas mauvaises. Musty va mieux. Elle est encore loin d'être totalement remise de sa blessure, mais j'ai pu trouver le sort qui empirait son mal et le contrer. Il ne reste maintenant qu'à laisser cicatriser l'affreuse morsure que Mueraa lui a infligée.

Jeanne fut soulagée par cette bonne nouvelle.

Fin-Galad fit signe qu'il était temps de commencer la réunion, et tout le monde se tourna vers elle.

— Nous sommes réunies à l'initiative du Petit-Maître Pétronille, qui a fait une miraculeuse découverte dont elle va nous parler.

Pétronille sursauta en entendant son prénom, et ses joues se teintèrent de rose. Ce qui n'était pas dans ses habitudes. Elle se racla la gorge et se lança :

— Alors voilà. Vous savez que j'ai beaucoup de vieux dossiers et papiers dans mon bureau.

— Ça, c'est le moins qu'on puisse dire, marmonna Azalée, à qui Pétronille jeta un regard noir.

— Bon… Bon… Bref ! Depuis quelques jours, Azalée a décidé de faire un grand rangement dans notre bureau, et ce matin une de mes étagères s'est… comment dire… un peu écroulée sous le poids de tous les intéressants documents que je conserve – car on ne sait jamais. En rangeant, je suis tombée sur un petit livre que j'avais depuis… des années et des années et que j'avais complètement oublié.

— Dites à Jeanne comment il s'appelle, s'il vous plaît, Pétronille.

— Il s'appelle *Prophétie de l'Enfant-Source, de son Focus rare à sa mission ultime.*

— « Prophétie de l'Enfant-Source, de son Focus rare à sa mission ultime », répéta Jeanne comme fascinée. C'est… c'est une histoire ?

— Pas vraiment, répliqua doucement Nennvial. D'après ce que j'ai pu comprendre, on pourrait plutôt dire que c'est une sorte de traité…

— Oui, confirma Fin-Galad, comme une thèse, tu comprends ?

Jeanne fit oui de la tête, et le Grand-Maître encouragea Pétronille à continuer.

— La première partie du livre développe plusieurs théories sur les Focus, poursuivit celle-ci. À ma connaissance, c'est la première fois que le sujet est aussi bien documenté. Ça traite des Focus, mais aussi des anomalies de Focus.

Jeanne se raidit. Les anomalies de Focus ? Peut-être était-il possible de trouver dans ce livre pourquoi elle n'en avait pas, elle. D'un coup, elle fut pleine d'espoir.

— Mais d'où il vient, ce livre ? voulut-elle savoir.

— Quand j'étais gamine, il y a... oh ! très longtemps... je l'avais... *emprunté* à celui qui l'avait écrit. Pour tout te raconter, un sorcier, Eleutérius, était venu à la bibliothèque du Hameau avec deux exemplaires d'un livre. Il disait qu'il en était l'auteur, mais qu'aucun éditeur ne voulait le publier. Alors il en avait créé deux exemplaires et voulait en laisser un à la bibliothèque. J'étais là, ce jour-là. Et j'ai été captivée par le titre et le dessin de la page de couverture. Eleutérius s'était détourné de la table où il avait posé ses exemplaires pour discuter avec madame Lapage, la bibliothécaire. J'ai commencé à en feuilleter un. Il était... comment dire... fascinant. Je n'ai pas réfléchi, j'ai peut-être pensé qu'on pouvait l'emprunter comme n'importe quel livre de la bibliothèque et j'ai déguerpi sans rien demander à personne. Je me souviens juste avoir entendu en partant la bibliothécaire refuser catégoriquement de le prendre. Au moment où je sortais, Eleutérius a attrapé sans trop y faire attention l'exemplaire restant et est parti, fou de rage, en insultant la pauvre madame Lapage.

Jeanne, qui avait du mal à imaginer que Pétronille ait été enfant un jour, lui demanda :

— Et c'est ce livre que tu as retrouvé dans tes étagères, alors ? Tu l'as avec toi ?

— Nous allons tous le découvrir ensemble ce soir, expliqua Fin-Galad avec une lueur d'intérêt dans les yeux. Mais avant cela il y a quelque chose que tu dois savoir.

— Laquelle ? demanda Jeanne, inquiète.

Fin-Galad n'eut même pas le temps de répondre que Pétronille, les joues de plus en plus rouges, avoua à voix basse :

— C'est que le fameux Eleutérius qui l'a écrit est... l'aïeul de Rameau.

— Oui ! insista Azalée. Eleutérius Rameau est l'arrière-arrière-grand-père de Vasek Rameau...

— Vasek Rameau, c'est...

— ... le Maître-Violet, oui.

Un grand silence se fit dans la salle. On entendait juste Pétronille qui se grattait compulsivement le nez, comme si elle était prise d'une énorme crise d'allergie. Jeanne, n'y tenant plus, rompit le silence.

— Mais au fait, pourquoi personne ne voulait l'éditer ou le prendre dans sa bibliothèque ?

— À l'époque, on a jugé qu'il contenait trop de conclusions discriminatoires pour les personnes aux Focus différents et beaucoup de données non vérifiées, notamment sur la Source. Cela souleva d'interminables disputes entre ceux qui voulaient le diffuser et ceux qui pensaient qu'il était dangereux de le faire.

— Et si Pétronille en a un exemplaire, où est l'autre ?

— Nous avons de bonnes raisons de croire que c'est le Maître-Violet qui possède l'autre aujourd'hui. Et si c'est avéré, c'est... la catastrophe !

— Comment ça ? Je ne comprends pas ! s'étonna Jeanne.

Fin-Galad la regarda droit dans les yeux :

— C'est que notre exemplaire n'est pas complet, Jeanne. Toute la deuxième partie, celle qui concerne l'Enfant-Source, n'est composée que de pages blanches.

— Des pages blanches ? Mais, si ça se trouve, c'est parce qu'Eleutérius n'avait rien écrit...

— Si. Le livre était complet. Les témoignages de l'époque sont clairs là-dessus.

— À mon avis, fulmina Azalée, un sort a été jeté sur ces pages pour qu'on ne puisse pas voir ce qui avait été écrit ! Mais dis-nous, Pétronille, tu n'as aucun souvenir de ce qui manque ?

— Non, je ne me souviens de rien. Seulement qu'il y avait de beaux dessins qui m'avaient attirée. Mais j'étais si jeune...

— Ah ben oui, ça fait tellement longtemps, renchérit Azalée avec un sourire en coin.

— Il me semble que tu n'es pas de la première jeunesse non plus, espèce de vieille perruche !

— Ben dis donc ! Bougre d'ânesse, on ne te demande pas d'insulter les autres ! On te demande juste de faire un effort de mémoire...

— Nom d'un bigoudi ! Je rends service, et je me fais injurier...

Nennvial leva les deux mains en signe d'apaisement.

— Tout doux, mesdames... Nous sommes là pour trouver une solution, pas pour nous disputer...

Pétronille baissa le nez.

— Pardon, Azalée. « Vieille perruche », c'était affectueux...

Azalée se rapprocha de son amie et la prit par l'épaule. Les deux se calmèrent.

— Bon, ce qui est bien, dans la première partie, confia Fin-Galad, c'est qu'il y a une mine d'informations sur les Focus.

— En présumant qu'elles soient vraies, fit Saragan.

— Nous allons vérifier ça en recoupant avec d'autres traités que j'ai lus sur le sujet. En attendant, Pétronille, vous nous montrez le livre ?

Pétronille fouilla dans son énorme sac en pestant qu'il y avait toujours « un fourbi pas possible là-dedans ». Toutes la regardaient avec impatience.

— Ah ! Le voilà ! s'écria-t-elle en sortant un très petit livre violet dont la couverture comprenait un médaillon illustré de plusieurs sorciers souriants.

— Il est joli comme tout, ce livre, fit Azalée.

— C'est bien pour ça qu'il m'avait attirée, confirma Pétronille.

Elle le posa avec précaution au centre de la table. Tout le monde se pencha dessus, en silence.

— On l'ouvre ? demanda-t-elle.

— À vous l'honneur, proposa Fin-Galad.

Pétronille commença alors à feuilleter le livre. Toute la première partie contenait des textes et beaucoup d'illustrations, pointant les Focus possibles, cheveux, yeux, doigts, nombril, genoux, nez... La deuxième partie, intitulée « Focus tardif », commençait par un texte de mise en garde que Pétronille lut :

— « Une deuxième catégorie de sorciers, peu nombreuse, n'a pas la révélation de son Focus lors de son initiation, contrairement à la majorité des sorciers. Celui-ci apparaît plus tard. Ces individus, que l'on peut considérer comme des sous-sorciers, sont atteints d'un handicap qui fait d'eux des sorciers de seconde zone. Toutefois, comme ils peuvent toujours se rendre utiles pour des petites tâches ou pour être au service des véritables sorciers, il peut être intéressant d'accélérer l'apparition de leur Focus par des techniques que je développerai à la fin de cette partie. »

Pétronille s'arrêta, et un silence gêné s'ensuivit.

— C'est n'importe quoi, fit Saragan en jetant un coup d'œil discret à Jeanne.

— Oui, il n'a jamais été prouvé que les sorciers au Focus tardif avaient moins de pouvoirs que les autres...

— C'est peut-être même le contraire, avança Fin-Galad, songeuse.

— Et je ne vois pas en quoi ce serait un handicap ! s'exclama Pétronille en postillonnant de rage sur son livre. Je comprends mieux pourquoi il n'a pas été édité, ce bougre de crétin !

— Est-ce qu'on pourrait quand même aller voir les techniques dont il parle ? suggéra Jeanne d'une petite voix timide.

— Oui, Jeanne a raison, observa Fin-Galad. On va arrêter la lecture de cette première partie détestable, je l'étudierai en profondeur plus tard. Allons voir ce qu'il préconise pour faire apparaître les Focus. On ne sait jamais, il pourrait y avoir de réelles solutions.

Pétronille tourna rapidement les pages d'un geste énervé.

— Ah, voilà ! ronchonna-t-elle. Quel tissu de bêtises, ce bouquin ! J'aurais mieux fait de ne jamais le retrouver.

— Non, bien au contraire, Pétronille, il va nous être très utile car je suis sûre que, derrière les informations mensongères, il y a des indices qui pourraient nous servir. Il va juste falloir faire la part du vrai et du faux. Ça, ça va être mon rôle. Je vais me pencher là-dessus attentivement et voir ce qu'on peut en tirer.

Le nouveau chapitre s'appelait « Techniques pour faire apparaître un Focus tardif ». Un premier paragraphe rappelait que ceux qui souffraient de cet état pouvaient être considérés comme des attardés, et Pétronille passa rapidement dessus sans tout lire.

— Ah ! Là ! Il est écrit : « Comment découvrir l'emplacement d'un Focus qui ne s'est pas encore manifesté ? »

Tout le monde se pencha davantage sur le recueil. Plusieurs illustrations légendées se succédaient, et Jeanne s'arrêta net devant l'une d'elles. On y voyait un sorcier qui faisait couler de la sève d'un arbre sur un autre sorcier. La légende expliquait qu'au contact d'un Focus tardif la sève se mettait à bouillonner, puis se transformait en ambre en en révélant l'emplacement précis. Le souvenir de son expérience dans le Chêne creux lui revint d'un coup, et elle se sentit mal.

— Que t'arrive-t-il ? demanda Rébellion, qui ne la quittait pas des yeux.

— Il se passe que… que… j'ai vécu cette expérience-là, fit Jeanne en désignant l'illustration du doigt.

— Comment ça ? s'alarma Fin-Galad. Qu'est-ce que tu veux dire ?

Jeanne leur raconta ce qu'elle avait vécu à l'intérieur du tronc du chêne, quand la sève avait commencé à recouvrir son corps sans qu'elle puisse faire aucun mouvement, et que c'était Musty qui l'avait sauvée. Les Maîtres la dévisageaient, troublées.

— Mais alors ça veut dire… commença Rébellion.

— Oui, ça veut dire que Rameau la suit partout pour tenter de trouver où est son Focus, conclut Fin-Galad.

Un silence s'ensuivit. Ce fut Pétronille qui le brisa :

— Mais quel est son intérêt de le savoir ?

Fin-Galad remonta ses lunettes rondes devant ses yeux en soupirant.

— Alors là, si on savait… Mais il y en a visiblement un. Je pense que Rameau va essayer toutes les solutions de ce livre pour trouver ton Focus, Jeanne. Il faut donc que nous étudiions ensemble ces possibilités pour que tu sois préparée.

Nennvial murmura presque :

— Vous croyez qu'il sait qu'on en a un exemplaire ?

— Je ne vois pas comment il le saurait ! répondit Saragan.

— Alors pourquoi on n'essaierait pas nous-mêmes toutes les techniques du livre pour faire sortir le Focus de Jeanne ? reprit Nennvial. Une fois connu, Rameau ne le cherchera plus et on sera au moins soulagées de ce problème-là jusqu'à la fin de sa formation !

— D'après ce que je vois, fit Saragan, qui avait continué à parcourir le chapitre, certaines des expériences sont dangereuses. Je ne sais pas si on peut prendre ce genre de risques.

— Mais ce n'est pas non plus dans l'intérêt de Rameau de faire du mal à Jeanne… voire de… enfin… vous comprenez, quoi, dit Azalée en déglutissant.

— Non, vous avez raison, l'intention de Rameau est bien de garder Jeanne en vie jusqu'à la fin de sa formation où son Focus sera à son maximum !

Jeanne resta pensive et sursauta quand Fin-Galad mit fin à la réunion.

— On va se pencher plus avant dans ce livre. Azalée et Pétronille, ce serait bien que vous fassiez une liste de toutes les techniques qui existent pour repérer un Focus tardif. Nennvial et Saragan, vous allez de votre côté rechercher tous les livres qui parlent des Focus, et après on recoupera toutes nos informations pour voir comment aider Jeanne.

— Nous, on va aussi essayer de trouver comment faire réapparaître le texte manquant de la deuxième partie.

— Vous avez raison, Pétronille, parce que je suis sûre qu'il révèle des informations fondamentales. Pour ma part, j'ai une recherche un peu différente à faire, je vous en reparlerai bientôt. En attendant, Jeanne et Rébellion, vous devez maintenant retourner sur votre lieu de vacances.

Saragan se leva et se dirigea vers Jeanne.

— Avant qu'elles ne partent, je voulais proposer quelque chose à Jeanne. Ça ne durera pas très longtemps.

Fin-Galad approuva, et Saragan reprit :

— Je pense que quelqu'un serait content de te voir, Jeanne…

La jeune fille devina tout de suite de qui elle parlait et se leva joyeusement, suivant la conteuse et Rébellion en direction des couloirs de l'Entre-Deux. Là, Saragan les mena jusqu'à une porte surmontée d'un dauphin sculpté.

— Voilà mon repaire, fit la jeune femme en les faisant entrer dans une pièce aux couleurs chaudes qui sentait bon le cuir, aux fenêtres encadrées de lourdes tentures de velours et aux multiples objets anciens accrochés aux murs ou posés sur des meubles de bois foncés.

Elle poussa une autre porte pour arriver dans une plus petite pièce dont les volets étaient fermés. Au centre de la pièce, couchée en rond dans un grand panier d'osier rempli de coussins, Musty se releva doucement à la vue de Jeanne.

— Oohh ! Musty ! Comme je suis heureuse de voir que tu vas mieux.

La petite bête eut du mal à maintenir sa tête levée et poussa un gémissement de douleur.

— Ne bouge pas ! Ne bouge pas ! Je voulais juste voir comment ça allait et te dire que je pensais à toi. Je te remercie pour ton aide et j'attends avec impatience que tu ailles mieux…

— Ça ne devrait pas tarder. Saragan est aux petits soins pour moi. Désolée de ne t'avoir rien dit à son sujet, mais ce n'était pas à moi de le faire…

— Je comprends. Je te laisse te reposer, maintenant. Guéris vite.

Jeanne fit une caresse légère sur la tête de la fouine, qui ferma les yeux de plaisir malgré ses douleurs, puis Saragan les raccompagna jusqu'au bureau de Pétronille et Azalée.

— Elle a l'air faible encore, s'inquiéta Jeanne.

— Oui, mais tu peux avoir confiance dans ses capacités de récupération. Maintenant que les meilleurs soins lui ont été donnés, elle n'a qu'à se reposer et, d'ici quelques jours, elle sera complètement remise.

Jeanne posa sa main sur le bras de la conteuse.

— Je suis contente d'avoir fait votre connaissance. Il ne me reste plus qu'un seul Grand-Maître à rencontrer, et je vous connaîtrai toutes.

Saragan lui sourit.

— Il est temps de partir maintenant, Jeanne. Il est possible que nous nous croisions quelquefois sur ton lieu de vacances.

— Vous vivez là-bas ?

— Oh, tu sais, nous, les Grands-Maîtres, nous sommes partout à la fois... Ici, là-bas... Les distances ne sont rien pour celles qui maîtrisent les couloirs du temps. Allez ! File vite !

Quelques minutes après, Jeanne était à nouveau dans sa maison de vacances, après avoir fait son voyage express dans une jolie bulle bleutée aux reflets mordorés. Détendue grâce au voyage en bulle, elle s'endormit rapidement, mais son sommeil fut peuplé de rêves étranges : des dizaines d'inquiétants yeux violets apparaissaient dans le noir tandis que des milliers de fourmis la recouvraient peu à peu et l'empêchaient de respirer. Sa nuit ne fut pas vraiment de tout repos.

— Essaie de te détendre, lui dit la chatte le lendemain matin alors que Jeanne, assaillie par des idées noires, était de mauvaise humeur.

— En fait, où que j'aille, je suis toujours rattrapée par le monde des sorciers. Rameau, Musty, Saragan, et même un phare qu'on a visité et qui ressemblait étrangement à celui de la Dame de la Fin des Terres. D'ailleurs, je suis sûre d'avoir vu un homme y entrer et un autre en sortir… Ça communique avec le Hameau, non ?

— Ton instinct ne t'a pas trompée, fillette. En fait, il existe plusieurs portes pour passer du Hameau au monde des Simples. Toi, tu as le miroir de ton Laboratoire, mais ce n'est pas le cas des sorciers qui ont terminé leur formation, alors qu'il est indispensable qu'ils puissent passer d'un monde à l'autre à tout moment. Le phare est une de ces portes. Tu en découvriras beaucoup d'autres, tu sais, même dans les endroits les plus inattendus, et de tailles différentes. Le phare est un des grands passages, il est un peu particulier. Mais tu auras le temps de le découvrir plus tard.

— Et moi, je peux passer par là ?

— Non, pour l'instant, ce n'est pas possible. Il faut que tu aies terminé ta formation et prononcé ton engagement pour avoir accès aux portes.

Rébellion marqua un temps d'arrêt, puis reprit :

— Je suis désolée de tous ces problèmes, Jeanne. Je sais ce que ce n'est pas drôle pour toi. Il y a quelque chose qui te concerne et qui nous échappe. Jamais un apprenti-sorcier n'a eu à souffrir d'autant de désagréments pendant sa formation.

— Eh ben j'ai pas de bol, moi ! Jamais je ne pourrai être tranquille, alors ?

— Si, si, bien sûr. Il y a tout de même des avantages à être sorcière.

— Eh ben je ne les vois pas beaucoup, ces avantages.

— Attends, j'ai un petit truc pour toi. Tu m'en diras des nouvelles.

Sans qu'elle sache comment Rébellion l'avait fait apparaître, Jeanne se retrouva avec un objet dans sa main qui ressemblait à une balle rebondissante.

— Regarde-la bien, concentre-toi dessus, ne pense à rien d'autre...

Jeanne obtempéra. À l'intérieur de la balle, on aurait dit que des centaines d'étoiles minuscules se déplaçaient en rythme. Comme si elles dansaient. Dans sa main, la balle irradiait une douce chaleur et un léger mouvement comme un lent battement de cœur. Petit à petit, Jeanne ressentit une immense plénitude. Sa respiration et son rythme cardiaque se firent plus lents. Elle resta ainsi une dizaine de minutes, puis Rébellion sauta sur les genoux de sa jeune maîtresse et se frotta contre elle en ronronnant.

— Allez, fillette, il est temps d'arrêter...

— Ohhh ! C'était si doux !

— Eh oui, le pouvoir hypnotique des étoiles... Tu apprendras la méditation, c'est une technique ancestrale qui aide à voir la vie autrement.

— Comment ça ?

Elles n'eurent pas le temps de continuer leur conversation, car la mère de Jeanne l'appela pour le petit déjeuner.

Le reste de la semaine se déroula tranquillement. Deux ou trois fois par jour, Rébellion lui faisait faire une séance de méditation avec la balle-aux-étoiles, ce qui eut un effet fabuleux sur sa jeune protégée. Jeanne put profiter en toute tranquillité de son père qu'elle n'allait pas voir pendant plusieurs mois. Elle réussit même à ne pas trop penser à ses problèmes et put se consacrer à sa famille.

❋ ❋ ❋

Le lendemain de son retour à Mortepaille, alors que ses parents étaient occupés aux préparatifs du départ de Martin, Jeanne appela Charles, qui rappliqua chez elle ventre à terre. Clarisse, quant à elle, n'était pas encore rentrée de vacances.

— Pfiou ! J'te jure ! J'suis content de te voir. Une semaine en tête-à-tête avec mon frangin, j'ai cru que je devenais dingue. Et toi, ça s'est bien passé, ta semaine ?

Jeanne pensa qu'il ne valait mieux pas entrer dans les détails et lui répondit que oui, c'étaient de très chouettes vacances.

Sa chambre était baignée du beau soleil de fin avril, et elle avait ouvert sa fenêtre. Ils étaient tous les deux, assis par terre, à discuter de tout et de rien.

— C'est quoi, ce bruit que j'entends ? demanda soudain

Charles en se tournant vers le fond de la chambre de Jeanne.

Ils se turent un instant, tendant l'oreille. Entre deux chants d'oiseaux perçait effectivement un léger bourdonnement.

— Je n'avais jamais entendu ça, souffla Jeanne, s'attendant à nouveau à faire une découverte désagréable.

Devant la contrariété de son amie, Charles décida de prendre les choses en main et se leva d'un bond.

— Attends, je vais voir. On dirait que ça vient de ton coffre à peluches. C'est peut-être juste une abeille qui s'est coincée dedans ?

Il sortit les peluches une à une.

— Tiens, on dirait que ça vient de celle-là, fit-il en brandissant le rat gris que Jeanne avait reçu au dernier Noël. Elle ne savait pas qui lui avait offert ce jouet et, dans l'euphorie de Noël, n'avait pas pensé à demander. Peut-être ses grands-parents ? Mais maintenant qu'elle était devant et le regardait avec attention, elle avait tout autre chose en tête.

— Passe-le-moi, dit-elle brusquement à Charles.

La peluche vibrait légèrement, et les yeux de l'animal brillaient d'une étrange façon.

— On l'ouvre, fit Jeanne, prise d'une intuition soudaine. Aide-moi.

Elle tendit sa paire de ciseaux à son ami, et retourna le rat.

— Ben, pauvre bête…

— Charles, c'est pas une bête, c'est une peluche ! Ça ne lui fera pas de mal, t'inquiète !

À contrecœur, il découpa le ventre de tissu.

— Oh ben ça alors ! s'écrièrent-ils ensemble.

À l'intérieur de la peluche, un mécanisme miniaturisé bourdonnait légèrement.

— Un micro ! C'est un micro ! Quelqu'un t'espionne, Jeanne !

Ils se regardèrent. Jeanne eut un moment de panique. Cela faisait quatre mois que Rameau l'épiait. Depuis Noël. La bonne nouvelle, c'est qu'elle avait tellement de peluches qu'elle avait enfoui celle-là tout au fond de son coffre. Elle espérait que cela avait assourdi tout ce qu'elle avait pu dire…

Charles attrapa l'oreiller de Jeanne et recouvrit le micro avec.

— Ce qui est bizarre, dit-il en baissant la voix, c'est que tu n'aies jamais entendu le bourdonnement avant.

— Ben non. Si ça se trouve, il ne le faisait pas. Le micro est peut-être enrayé, ou quelque chose comme ça.

— Et t'as une idée de qui a pu mettre ça ici ? D'où il vient, ce rat ?

— Je l'ai eu à Noël, mais je ne sais pas qui me l'a offert.

— Ah ouais.

— Enfin, maintenant, j'ai bien une idée…

— Ton espèce de Maître-Violet qui se transforme en rat, c'est ça ?

— Rameau, ouais.

— En tout cas, c'est flippant, gronda Charles. Je vais te l'écraser en mille morceaux, moi, son micro.

— Non, non ! Attends ! Il faudrait voir s'il n'y a pas quelque chose dedans. Des indices ou je ne sais pas quoi…

— OK, mais on va l'enfermer dans un sac alors, et le mettre ailleurs.

Jeanne prit un sac plastique dans lequel elle transportait ses chaussures de sport et mit le mécanisme et le rat éventré dedans.

— On l'emporte au Laboratoire.

— D'accord. Je peux venir avec toi ?

— Oui. Tu connais le chemin.

Les deux amis posèrent le sac sur le large bureau du Laboratoire.

— Je le montre aux Maîtres dès ce soir.

Comme toujours, Charles était fasciné par tous les objets qui se trouvaient là et arpentait l'immense pièce en regardant partout.

— Dis, Jeanne, je ne suis jamais monté dans la mezzanine. Tu me montres ?

— Oh, tu sais, ce ne sont que des miroirs, hein ?

— Oui, mais tu m'as dit qu'il y avait la porte vers l'autre monde…

— Ouais !

— Et les autres miroirs, ils servent à quoi ?

— Aucune idée. Il y en a un qui peut me montrer si mes parents me cherchent, mais les autres je ne sais pas encore.

— Et ça ne t'énerve pas de ne pas savoir ?

Jeanne eut un sourire.

— Si j'étais Rébellion, je te dirais que je le saurai « en son temps »… Allez, viens, je vais te montrer.

Les dizaines de glaces de la mezzanine avaient toutes des tailles et des décorations différentes. Charles passait de l'un à l'autre avec une curiosité non dissimulée. Un petit miroir en métal argenté gravé d'yeux attira son attention.

— Regarde, il est bizarre, celui-là, fit Charles en le montrant à Jeanne.

La jeune fille, toujours préoccupée par l'incident du micro, s'approcha et passa la main distraitement sur le contour du miroir. Soudain, celui-ci s'éclaira et offrit aux deux jeunes interloqués une image d'abord floue, comme si elle était dans de l'eau.

— Qu'est-ce que c'est ? sursauta Charles.

— Regarde, ça se précise. On dirait… On dirait… l'étang du manoir.

En effet, l'image du miroir se précisa encore, découvrant la pièce d'eau que Clarisse, Charles et Jeanne avaient découverte quelques semaines plus tôt. Le miroir se rapprocha du centre de l'étang où une petite île inaccessible était occupée par une cabane.

— C'est étrange, réfléchit Jeanne, j'ai l'impression que cette image vient de… ma propre tête… Je ne comprends pas… Charles ! Il faut absolument qu'on y aille.

Elle attrapa son ami par le bras et ajouta :

— Viens vite ! Je crois qu'il y a un rapport entre le micro et l'étang.

De plus en plus dérouté, Charles suivit son amie.

— Attends ! Il nous faut un bateau !

— Ben j'en ai pas.

— Moi, si ! On a une espèce de canot pneumatique à la maison. Si tu veux, on passe le prendre.

Une heure plus tard, ils étaient tous les deux dans le parc du manoir avec le canot, deux rames et un gonfleur à pied que Charles avait traînés depuis chez lui dans une brouette.

— Heureusement que mes parents travaillent et que mon frangin est chez son copain parce que c'est pas discret à trimballer, tout ça.

— Le problème, c'est qu'on va pas pouvoir faire passer la brouette par le chemin forestier. Il va falloir tout porter.

Ils regardèrent à tour de rôle le matériel et le chemin entre les arbres. Il n'y avait pas d'autres solutions s'ils voulaient aller sur l'île.

Ils traversèrent la partie boisée tant bien que mal, en faisant des pauses régulières pour souffler. Quand ils arrivèrent au bord de l'eau, Charles déploya l'énorme paquet de plastique.

— Bon, maintenant, faut gonfler le truc, fit-il.

Jeanne regarda le paquet au sol et s'inquiéta.

— Oh là ! T'es sûr qu'on risque pas de chavirer, avec ça ?

— Attends qu'il soit gonflé, tu vas voir ! Nous, on l'utilise tous les ans quand on part à la mer. Je suis sûr que ça va aller.

Il enfila l'embout du câble du gonfleur sur celui du bateau et commença à appuyer de tout son poids avec le pied sur la grosse poire noire qui envoyait de l'air dans les boudins de plastique.

Jeanne jeta un œil dubitatif à son ami dont les joues avaient viré au rouge vif.

— Eh ben on n'est pas arrivés ! Mais… Mais c'est un bateau Spiderman !

— Ben ouais, tu t'attendais à quoi ? Au *Titanic* ?

Malgré la tension qu'elle ressentait, Jeanne émit un petit rire. Charles se détendit aussi et lui passa le gonfleur.

— Allez ! Un peu à toi. J'en peux plus.

Elle y mit beaucoup d'énergie, et à eux deux ils eurent gonflé le canot en peu de temps.

Charles le mit à l'eau et grimpa dedans.

— Bon, ben, courage ! Allons-y. Je te donne la main ?

— Ouais, et ne me lâche pas, hein ? déclara Jeanne en tremblant. Oups, ça tangue drôlement…

— Assieds-toi, tranquille, je m'occupe de tout. Enfin, tu vas prendre une rame, et je te montrerai, mais si tu te cales à l'arrière et que tu ne bouges pas trop il n'y aura aucun problème.

— Si tu le dis…

Jeanne s'installa comme le lui avait expliqué Charles, qui poussa le bateau loin de la berge avec sa rame.

— Allez, maintenant, tu vas ramer à gauche, et moi à droite, en cadence. Comme ça…

Le canot glissa sur l'eau.

— C'est agréable, tu trouves pas ?

Ils se rapprochaient de l'île sur laquelle ils distinguaient maintenant très bien la cabane faite de bois sombre.

— Ce serait encore plus agréable si je n'avais pas un mauvais pressentiment.

— Il te dit quoi, ton pressentiment ?

— Ben je ne sais pas, mais ça me serre le cœur et m'embrouille la tête.

— Ah ouais, c'est pas un pressentiment sympa, alors.

Un bruit léger dans l'eau attira leur attention. Charles reprit :

— Tiens, regarde, là, y a plein de bulles à la surface : il doit y avoir un tas de poissons là-dessous. C'est cool.

Jeanne se pencha très légèrement quand les clapotis se transformèrent en petits, puis en gros bouillons.

— Hé ! Ça devient un peu bizarre, là, tu trouves pas, fit la jeune sorcière. Ça fait toujours ça quand t'es sur ton bateau, ou c'est pas normal.

— Ben non, c'est pas normal, et c'est pas le bateau, je te jure !

L'eau se mit à bouillonner violemment autour d'eux. Pétrifiés, ils arrêtèrent de ramer quand, à quelques mètres de leur canot, une chose apparut, comme le dos d'une bête énorme, qui disparut aussi vite dans les remous.

— C'était quoi, ça ? brailla Charles d'une voix suraiguë. T'as vu comme moi ? Une espèce de…

— Oui, oui ! Attention ! CHARLES !!!

Une vague énorme fit chavirer leur canot, et ils poussèrent ensemble un hurlement de terreur en tombant dans l'eau.

— Charles ! Y A QUELQUE CHOSE QUI ME TIRE AU FOND ! CHARLES !!!

Jeanne disparut sous l'eau. Des remous impressionnants recouvraient la surface de l'étang, si calme quelques instants auparavant. Charles, complètement paniqué, plongea une première fois pour tenter de retrouver son amie. Au moment où il ressortait de l'eau, Jeanne réapparut, cherchant son souffle. Charles saisit alors vivement une des rames qui flottaient et hurla :

— Attrape le bout de la rame, vite !

Jeanne s'y accrocha tant bien que mal, et Charles la tira vers lui. Puis ils prirent appui sur le canot retourné et se mirent sans se concerter à battre des pieds de toutes leurs forces pour avancer.

— On va vers l'île, c'est plus près ! fit Charles.

— Non ! Il ne faut pas ! On retourne sur la berge ! Vite !

— Mais…

— Discute pas, Charles !

Ils prirent la direction du bord et battirent des pieds le plus vite qu'ils pouvaient. Les remous s'étaient un peu apaisés, mais les enfants savaient que la créature qui était sous l'eau pouvait réapparaître n'importe où. Jeanne avait le cœur qui battait à toute vitesse, mais ne relâchait pas ses efforts. Elle s'attendait à tout moment à être à nouveau entraînée vers le fond.

Quand enfin ils accostèrent, elle se précipita sur la terre ferme et se laissa tomber au sol.

— Mais qu'est-ce qui s'est passé, Jeanne ? Qu'est-ce qui s'est passé ?

La surface de l'étang était redevenue parfaitement calme.

Elle fondit en larmes.

— Je ne sais pas. Y a une bête qui m'a agrippé la jambe et m'a tirée vers fond. J'ai donné des coups de pied dans tous les sens, et *ça* m'a relâchée. Je n'ai rien vu, je ne sais rien, je... J'ai eu si peur...

Charles passa son bras autour de son amie.

— Mais c'est hallucinant, enfin, il n'y a pas de monstres marins dans les petits étangs de nos régions. C'est... C'est hallucinant... Et au fait, ton veilleur, là... il n'était pas là ?

— Oui, Mousquette. En fait, je pense qu'elle n'a pas vu qu'il se passait quelque chose.

— Comment ça ? Je croyais qu'elle voyait tout.

— Oui, elle voit tout... Sauf que là il y a une protection au-dessus de l'étang. Comme un bouclier. Je l'ai sentie. Elle empêche toute communication avec les veilleurs. Ce n'est pas la première fois que je ressens cette espèce de néant. C'est comme si... comme si les ondes des étoiles ne passaient plus. C'est déjà arrivé une fois, tu sais, pendant ma fête de la Nuit des Sorcières. Rameau était là, invisible, et j'avais eu la même impression, sans pouvoir prévenir Fin-Galad ou Pétronille…

— Alors ça veut dire que Rameau est là, fit sombrement Charles.

Ils se retournèrent tous les deux vers la cabane.

— Oui, répliqua Jeanne, les yeux rivés sur l'île. Rameau est probablement là.

❋ ❋ ❋

Le froid et l'humidité remontaient du sol. Des gouttes d'eau ruisselaient le long des murs de la cabane. Dehors, le clapotis des vagues de l'étang s'estompait peu à peu…

— Va, ma belle Australe, va, retourne dans les profondeurs des eaux… Tu as bien fait ton travail de gardienne…

La créature s'approcha de la petite fenêtre et regarda au loin les deux enfants qui s'éloignaient.

— Elle est maligne… Ohhh ! Très maligne. Elle a de la force, de l'intelligence, du courage, et un instinct… Elle sera plus puissante que la précédente… Enfin… sauf si quelqu'un d'autre lui prend son Focus…

— On n'en parle à personne, Charles. Promis ?

— Mais t'es pas nette ! Faudrait mieux le dire, au contraire !

— Non, je ne veux pas. D'abord parce qu'on n'est pas sûrs à cent pour cent que ce soit bien Rameau…

— Ben qu'est-ce qu'il te faut comme autre preuve, toi ?

Jeanne ne l'écouta pas et continua :

— Je ne peux pas t'expliquer, mais je dois suivre mon instinct. Pour le moment, il ne faut rien dire.

— Je ne te comprends pas, Jeanne. Tu as failli y rester. Moi aussi, au passage. Il est dangereux, cet étang !

— Eh bien il suffit de ne pas y retourner, c'est tout !

Charles regarda Jeanne d'un air ébahi, mais elle avait retrouvé son air serein, et il décida de lui faire confiance. Après tout, elle avait un instinct qui se trompait rarement, alors…

— Bon… Mais si jamais il se repasse un truc pareil, je te jure, j'irai moi-même le dire à Rébellion.

— Fais ça, et je t'étrangle.

Charles porta sa main à son cou en tirant la langue.

— Tu ne serais pas cap', quand même.

La tension retomba, et Jeanne sourit. Pourtant, tout au fond d'elle, la panique qu'elle avait ressentie était encore là, diffuse. D'abord, il y avait ce monstre dans l'eau. Qu'était-il ? Était-il aux ordres de Rameau ? Pourquoi l'avait-il relâchée et laissée repartir vers la berge ? Une autre idée s'imposait à elle : quelque chose lui disait qu'elle devait rencontrer Rameau. Seule. Comme la fois où ils s'étaient vus à la sortie de la prison de palier un de l'Entre-Deux. Cette idée la terrorisait, mais elle était convaincue que Rameau aurait les réponses à ses questions. Et puis, elle ne risquait rien : si le Maître-Violet voulait récupérer son Focus quand elle serait en fin de formation, il fallait bien qu'il la garde en vie jusque-là, non ? Et, évidemment, pour mettre ce plan à exécution (elle ne savait pas encore comment), elle ne devait pas tout dire à ses Maîtres car, c'était sûr, elles ne seraient pas d'accord. Jeanne se tourna vers son ami, déterminée :

— Tu me promets, Charles, tu ne dis rien à personne, hein ? On oublie cet incident, on n'en parle plus. C'est tout.

— Même pas à Clarisse ?

— Bon, si, bien sûr, à Clarisse…

— Ben ouais ! On est quand même liés par le serment des Sentinelles.

Jeanne regarda au loin, comme si elle était perdue dans ses pensées, puis murmura :

— Au fait, Charles. Merci.

Charles baissa la tête.

— Tu me promets que tu ne feras rien qui te mette en danger, hein ?

— Je ferai de mon mieux. Mais je veux que tu comprennes qu'il y a des choses que je sens. Instinctivement. Et, depuis quelques mois, j'ai appris à faire confiance à mon instinct. Alors toi aussi, fais-moi confiance. D'accord ?

— Ouais. D'accord. De toute façon, avec notre serment, je suis lié à toi pour te protéger. Alors je serai toujours là pour toi. Tu sais ?

— Oui, je sais. Merci, Charles…

❋❋❋

La rentrée approchait. Clarisse revint de chez sa grand-mère, et les trois amis se retrouvèrent avec bonheur.

Quand Jeanne et Charles lui eurent raconté ce qu'il s'était passé dans l'étang, elle ouvrit des yeux effarés.

— Mais enfin, c'est pas logique, fit-elle d'une voix tremblante. Qu'est-ce que Rameau ferait dans une petite cabane au milieu d'un étang ? C'est bizarre, vous ne trouvez pas ?

— Parce que tu trouves qu'il y a des choses pas bizarres autour de Jeanne, toi ?

Charles avait retrouvé son humour et pris la décision de décontracter tout le monde avec ses blagues à deux balles.

— D'accord, mais là, tout de même… Le… monstre, tu ne l'as vraiment pas vu, Jeanne ?

— Non. J'ai senti des écailles sur sa peau, on a un peu vu son dos qui dépassait de la surface, au début, et il m'a semblé qu'il me tenait dans ses pattes et avait des griffes très longues. Mais je n'en sais pas plus.

— C'est sûr que c'est pas une bête normale, quoi ! marmonna Charles. Pas un requin ou un crocodile ! Ça ressemblerait plutôt au monstre du Loch Ness.

— Ouais, peut-être un truc comme ça, confirma Jeanne.

— En tout cas, on n'ira plus jamais par là. On s'en approche même pas, hein ?

— Ouais, ouais, en ce qui me concerne, c'est sûr que je ne mettrai plus jamais les pieds et les rames dans cet étang. Même mon bateau en tremble encore.

Les filles commencèrent à sourire. Jeanne conclut :

— Oui, vous avez raison, on ne s'en approche plus. Promis.

Mais en elle-même elle n'était pas bien sûre de pouvoir tenir longtemps sa promesse.

❋❋❋

Les derniers jours de vacances furent studieux car personne n'avait fait ses devoirs à l'avance. Il était hors de question de faire l'impasse sur le travail donné par madame Hanneton, leur institutrice.

— Ah moi, j'ai quand même lu le livre que la maîtresse a demandé.

— C'était quoi, déjà ?

— Mais tu sais, cette histoire amusante de crapaud, là !

— Ah ouais ! Ben non, je l'ai pas lu.

— Trois jours pour le lire, tu vas jamais y arriver, Charles.

— Mais si, t'inquiète, Clarisse… Et toi, tu l'as lu ?

— Ouais, et même un autre livre, pendant les vacances.

— Moi aussi, ajouta Jeanne, j'ai commencé à lire un livre sur les Astrandes, mais je ne l'ai pas terminé.

— Les quoi ? demanda Charles.

— Tu te souviens ? Je vous avais parlé des petites personnes qui étaient apparues quand j'avais passé mon examen de fin d'initiation.

— Ah oui, les espèces de lutins ?

— Ouais, si on veut. J'ai appris des tas de choses sur eux, mais j'ai pas fini. Et je vais devoir organiser une petite fête pour qu'ils deviennent *mes* Astrandes.

— Ouah ! *Tes* Astrandes, fit Clarisse, émerveillée ! La chance !

— Ouais, la chance ! Et ils vont faire quoi ? Les devoirs à ta place ? Faire ton lit ? Ranger ta chambre ? Vider le lave-vaisselle ?

— Euh… non, Charles, je ne crois pas. Je t'en dirai plus quand j'aurai tout lu. Sauf que là, avec la rentrée et les leçons, je ne vais sûrement pas avoir le temps.

— Ouais ! Et si on faisait les exercices de maths ensemble ! Ils sont super durs.

— J'suis d'accord avec Charles, dit Clarisse, qui n'avait absolument pas envie de s'y remettre.

Jeanne était contente de replonger dans un quotidien normal. Elle gardait dans son cœur et dans sa tête tout ce qui lui était arrivé pendant les vacances, mais elle décida que, au moins pour le dernier week-end avant la rentrée, elle pouvait les reléguer tout au fond de sa mémoire, derrière les maths, le français et les copains.

CHAPITRE 2

La Classe-Mars

Mademoiselle Fifi, un Petit-Maître ! Jeanne n'en revenait pas. Son professeur de piano… Cette musicienne originale, douce et patiente, avec ses cheveux frisés formant comme un casque autour de sa tête, ses tenues extravagantes et son sixième doigt à la main gauche… Elle qui venait toutes les semaines depuis deux ans chez Jeanne pour dispenser à Clarisse, Charles et elle les leçons de solfège, et une autre fois dans la semaine pour ses leçons de piano.

Mademoiselle Fifi, un Petit-Maître : c'était la meilleure.

Jeanne, assise à une des tables en carré de la Classe-Mars, la regardait avec des yeux ronds. Mademoiselle Fifi venait d'entrer dans la salle et s'était plantée devant les onze élèves, avec ce petit sourire en coin qu'elle affichait tout le temps quand Jeanne réussissait ses exercices de piano : de la satisfaction et de la fierté. Elle fit un léger clin d'œil à son élève en prenant la parole :

— Je suis votre professeur de musique. Avant de commencer véritablement votre formation en septembre, nous aurons un premier travail à mener ensemble. Dès maintenant, je vais vous faire répéter votre chant pour la grande chorale d'août qui rassemble tous les élèves de l'année, à savoir ceux de la Classe-Janvier à la Classe-Décembre. Douze classes de onze élèves : cent trente-deux chanteurs ! Ça n'est pas une mince affaire, croyez-moi, pour que la chorale soit parfaite. C'est pour ça qu'on s'y prend si tôt.

— C'est quoi exactement, mademoiselle, la grande chorale ? demanda Manel.

Dans un coin, perchée sur un meuble, Nyx émit un croassement.

— Nous les sorciers sommes très attachés à la musique. Elle adoucit les mœurs, comme tu sais. Mais elle permet aussi de communier, de partager, de vibrer à l'unisson, comme nos étoiles…

Les élèves se regardèrent en souriant. Mademoiselle Fifi était tellement enthousiaste qu'elle parlait les yeux fermés, comme si ses propres paroles la mettaient en transe. Tout son corps vibrait, et elle bougeait les bras dans tous les sens, comme un chef d'orchestre pris de folie. Elle reprit en ouvrant grand ses yeux marron clair, presque orange :

— Nous avons un peu plus de trois mois pour apprendre le chant, le reprendre encore et encore, puis faire les dernières répétitions avec vos camarades des autres sections. Nous serons alors parfaitement prêts pour la nuit des Perséides…

Brune leva timidement le doigt.

— La nuit des Perséides ? Qu'est-ce que c'est, mademoiselle ?

Au même moment, Phoebe entra dans la pièce par la fenêtre toujours ouverte, se posa sur l'épaule de mademoiselle Fifi et prit la parole à son tour.

— Les Perséides sont une pluie de météores, qu'on appelle plus communément des étoiles filantes. C'est entre le 11 et le 15 août qu'il y en a le plus, et principalement le 12 août où la pluie d'étoiles est impressionnante. C'est cette nuit-là que nous célébrons la fête des étoiles filantes avec, entre autres, notre grande chorale où chaque classe se présente et chante.

Iris entra à son tour et se posa sur le bureau.

— Oui, c'est notre plus grande fête, qui regroupe beaucoup de sorcières et de sorciers de tous les grades, des Petits et Grands-Maîtres, et des habitants du Hameau.

— Ça se passe au Hameau ? demanda Jeanne.

— Oui, oui. C'est pour tous les élèves de l'année l'occasion de découvrir ce lieu exceptionnel. Leur premier pas dans notre village, notre ressource…

Les onze se regardèrent, les yeux brillants : aller dans le légendaire Hameau était le rêve de tout jeune sorcier. Bien sûr, personne ne savait que Jeanne y était déjà allée, Rébellion lui ayant expressément ordonné de n'en rien dire à ses camarades. D'ailleurs, mademoiselle Fifi, Iris et Phoebe jetèrent un rapide coup d'œil dans sa direction pour être sûre qu'elle n'en ferait rien. Mais Jeanne avait pris le même visage que ses amis, faisant mine d'avoir envie de le découvrir, comme les autres.

Le professeur de musique reprit :

— Je vous distribue le chant officiel de la Classe-Mars. Lisez-le, apprenez-le par cœur, c'est le chant de votre section depuis toujours, il faut lui faire honneur.

Elle distribua des feuilles parcheminées qui rappelèrent à Jeanne l'aspect du serment des Sentinelles qu'elle avait signé avec Charles et Clarisse au début de son initiation. Elle eut un léger sourire à ce souvenir, puis, comme les autres élèves, commença à lire.

Nos étoiles ont choisi, nous voilà réunis
Onze sommes et serons pour toujours dans la classe
Le Hameau nous accueille dans la sorcellerie
Nous sommes fiers d'y avoir remporté notre place

Nos étoiles ont choisi, chacun a son Focus
Elles prodiguent par lui leurs bienfaits et leurs ondes
Beauté, grâce et bonté, protection et bien plus
Elles nous suivent partout où qu'on soit dans le monde

Nos étoiles ont choisi, une vie en harmonie
Un sorcier avant tout respecte notre Terre
La chérit, la protège et tout ce qui y vit
Des plantes jusqu'aux hommes et puis l'eau et puis l'air
Nos étoiles ont choisi, et malgré ses erreurs
L'humanité mérite tout le bien qu'on lui veut
Nous, sorcières et sorciers, aurons toujours à cœur
De protéger les hommes et en faisons le vœu

Et pour finir, en canon :

Étoile, toi qui passes, toi qui passes et passeras

Par moi, par moi, toi qui donnes et donneras
Étoile, étoile, toi qui passes et passeras
La beauté de la magie tu engendreras
Et par moi le bien des hommes, étoile tu feras

— Vous n'avez rien entendu ? fit Elias avec une drôle de grimace en remettant en place son éternelle mèche brune qui lui tombait sur les yeux.

— Oui ? encouragea mademoiselle Fifi.

Les jeunes élèves se regardèrent les uns les autres en riant.

— Il y avait une musique dans notre tête en même temps que nous lisions les paroles. C'était vous ? demanda Jeanne.

— Non, non. Ce n'était pas moi…

— Mais qui alors ?

— À votre avis… fit Brune avec un clin d'œil. Je pense que je sais…

Manel et Arthur se retournèrent vers Nyx. Mais celle-ci ne bougea pas.

Jeanne comprit soudain.

— Nos étoiles !

— C'est vrai ? Elles sont capables de faire ça ? fit Elias en repoussant encore sa mèche.

La voix éraillée de Nyx s'éleva :

— Les étoiles sont capables de tout, vous le savez bien.

Tous les jeunes s'extasièrent, car ce n'était tout de même pas commun d'avoir de la musique directement dans la tête.

— Ben ça va m'économiser mon adhésion à Deezer, sourit Brune.

Pendant que les élèves échangeaient les liens où ils écoutaient leur musique habituellement, Jeanne relut le passage qui parlait du Focus. Chaque fois qu'elle lisait ce mot, ou qu'on le prononçait devant elle, elle frémissait. Là, c'était pire que tout : *Nos étoiles ont choisi, chacun a son Focus…* Eh bien non ! Pour elle, ce n'est pas ce qu'il s'était passé. Pour enfoncer le clou dans la plaie, Albine demanda au même moment :

— Il paraît qu'un des premiers exercices que nous aurons à faire en classe consistera à deviner où se situe les Focus des autres ?

— Oui, continua Jules en se tournant vers Nyx. C'est vrai qu'en observant attentivement un sorcier qui jette un sort on peut déceler l'emplacement de son Focus ?

Nyx étendit ses immenses ailes noires de part et d'autre de son corps puissant et s'envola sans un bruit. Elle se posa sur le bureau et balaya la classe du regard. Arthur, Manel et Elias, qui étaient en train de parler de YouTube, se turent immédiatement.

— C'est une pratique ancienne, mais en aucun cas obligatoire. Il faut savoir bouleverser un peu les traditions. Nous ne ferons pas cet exercice.

Brune comprit soudain :

— Oui, d'autant plus que Jeanne… n'en a pas… Euh… Enfin… sans te vexer, hein, Jeanne ? Je suis sûre qu'il apparaîtra bientôt, de toute façon !

La jeune sorcière jeta un regard reconnaissant à Brune et fut fascinée une fois de plus par ses incroyables yeux vairons qui ressortaient sur sa peau noire. Lequel de ses yeux, déjà, était son Focus ? Jeanne ne se souvenait jamais si c'était le bleu ou le vert. Mais elle avait de la chance, elle, de l'avoir trouvé.

Nyx reprit :

— On ne peut pas dire que Jeanne n'a pas de Focus. Si elle n'en avait pas, elle ne pourrait pas être sorcière. Il est juste tardif. Il lui sera révélé en son temps.

Céleste se racla la gorge. Elle avait visiblement du mal à rester en place et gesticulait tout le temps. Ses cheveux châtains très courts accentuaient sa grande taille : elle devait être la plus grande de la classe.

— Enfin, quand même, c'est embêtant qu'elle n'ait pas de Focus. Ça va pas défavoriser notre classe, ça ?

Manel se retourna d'un coup vers elle et la fusilla du regard.

— Ce qui pourrait défavoriser notre classe, c'est de dire du mal des autres sans raison !

Céleste le regarda de haut avec un petit sourire moqueur, mais n'ajouta rien. Jeanne fut très surprise de sa réaction car elle lui avait semblé plutôt sympathique, la première fois qu'elle l'avait vue, lors de la Nuit des Sorcières. Elle décida de ne pas réagir et sourit simplement à Manel, qui fronçait les sourcils, énervé. Les autres évitèrent de regarder Jeanne pour ne pas l'embarrasser davantage. Sans aller jusqu'à penser pareil que Céleste, la plupart d'entre eux ne comprenaient pas pourquoi Jeanne avait cette particularité, et en étaient gênés. Pour Jeanne, ce n'était pas faute de guetter à chaque instant si un endroit de son corps se manifestait. Mais sans succès. Elle ne ressentait rien qui aurait pu être un indice. Elle soupira, reconnaissante à Brune, Manel et Nyx de la soutenir. Même si eux étaient persuadés que son Focus ne tarderait pas, au fond d'elle Jeanne avait compris que ce n'était pas qu'un simple retard.

Interrompant ses idées noires, mademoiselle Fifi chanta soudain quelques notes de musique et lança, pour changer de sujet :

— Bien, je compte sur vous pour apprendre ce chant ! Je vais devoir vous laisser, j'ai onze autres classes à visiter aujourd'hui.

Elle sortit à petits pas rapides sur ses hauts talons compensés, laissant derrière elle des effluves de parfum au patchouli.

Phoebe et Iris prirent place sur le devant du bureau, et Phoebe expliqua :

— Aujourd'hui, donc, c'est votre jour de rencontre de la semaine. Après une récréation, vous ferez la connaissance du Lutin Gourmand, qui vous parlera de ses recettes et vous en apprendra une, et…

— … Oui, mais là, y a un truc que je comprends pas, fit Manel d'un coup, interrompant Phoebe.

— Je t'écoute, Manel, répondit courtoisement l'oiseau.

— Ben… Qu'on s'absente quelques minutes de chez soi, ou même une heure, c'est pas un problème. Mais les rencontres, les activités, les conférences tout ça, ça va durer plus que quelques minutes, j'imagine. Et nos parents…

— Ben oui, nos parents vont finir par se rendre compte de quelque chose ! s'exclama Céleste, qui avait du mal à rester assise sur sa chaise et bougeait ses grandes jambes sous la table.

Tous les autres approuvèrent. Jeanne avait une idée sur la question, mais n'en était pas encore très sûre. Phoebe se tourna vers Rébellion, qui sauta avec légèreté sur le bureau, suivie par Gouttière, le chat de Manel :

— Ne vous inquiétez pas, expliqua-t-elle avec le petit ton narquois qu'elle prenait souvent. Depuis la nuit des temps que les sorciers participent à leur classe d'apprentissage, vous imaginez bien que nous avons peaufiné la chose.

— Plusieurs outils sont à votre disposition pour ça, continua Gouttière, un énorme chat tigré aux yeux vert pâle. Par exemple, vous avez tous vu, dans vos Laboratoires, l'horloge-escargot ?

— L'espèce de pendule en forme de colimaçon, demanda Elias en ricanant et en donnant un coup de coude à Manel, qui faillit tomber de sa chaise.

— Voilà, exactement, approuva Gouttière.

— Eh bien, reprit Rébellion, cet appareil nous permet de jouer avec le temps. Oh ! Pas sur de très longues périodes, une ou deux heures par-ci par-là, mais, grâce à lui, nous pouvons prendre notre temps, ici, tranquillement. Comme ça, il n'y a pas de risque que dans le monde des Simples on ne s'inquiète pour vous.

— Je ne comprends pas, fit Arthur. On arrête le temps ? Les Simples sont figés ? Ils ne bougent plus ?

Elias éclata de rire. Manel se cramponna à sa table, de peur de se prendre un autre coup de coude tandis que son voisin demandait :

— Ils sont momentanément morts ?

— Mais non, expliqua Rébellion en jetant un regard réprobateur au jeune sorcier. Je ne vais pas entrer dans les détails, mais le temps va juste être différent dans les deux cercles. Sans que personne ne s'en rende compte.

— Ouah, c'est drôlement pratique.

Jeanne sourit. Sur beaucoup de points, Elias lui

rappelait Charles, avec cette même façon d'être cool, ses vêtements décontractés, son sens de l'humour, son ton ironique et parfois moqueur. En plus, sa mèche qui lui tombait sur l'œil lui donnait un air malicieux.

Jeanne partageait sa table en carré avec Elias, Brune, avec qui elle s'entendait de mieux en mieux, et Manel, qui l'intimidait toujours un peu. Aujourd'hui encore, il était habillé tout en noir, des pieds à la tête, ce qui renforçait son air mystérieux. À sa main gauche, à côté de son anneau de sorcier, il avait une autre bague faite d'un fil noir enroulé sur un jonc d'argent.

À une autre table, Albine, Arthur et Céleste.

À la dernière, Farah, Jules, Rabah et Victoria.

En les regardant, Jeanne se souvint du soir où elle les avait tous rencontrés, pendant la Nuit des Sorcières, pour ses onze ans. Elle avait à la fois l'impression de les connaître depuis toujours et en même temps de les redécouvrir. L'ambiance était plus décontractée que le premier jour dans leur classe, et des groupes s'étaient déjà formés : Céleste et Albine semblaient bien s'entendre et parlaient beaucoup entre elles. Farah et Victoria avaient toutes les deux un caractère discret et raisonnable qui les avait rapprochées. Jules et Rabah étaient physiquement très différents, Rabah était aussi brun et mat que Jules était blond et pâle. Jeanne se demanda s'ils ne se connaissaient pas avant car ils semblaient très complices. Elias et Arthur formaient le clan des rigolos de service. Seul Manel ne s'était lié avec personne en particulier, mais semblait apprécier sa compagnie et celle de Brune.

La jeune sorcière se demanda où ses amis avaient leur Focus. Elle le savait pour Brune – enfin, son œil bleu ou son œil vert, elle ne se souvenait jamais duquel –, mais pas pour les autres. Elle décida de les étudier un peu plus attentivement pour voir si elle était capable de deviner.

Farah, dont le Maître-Chat était Bestiole, un chat noir et blanc, était la plus discrète du groupe, petite, très mince, une éternelle queue-de-cheval maintenant ses très longs cheveux châtains. Elle se grattait souvent la joue, autour d'un grain de beauté. Jeanne en était sûre : ce grain de beauté était son Focus.

Jules avait les cheveux blonds et longs, la peau tellement pâle qu'on l'aurait dite transparente. Ses yeux vert d'eau retombaient sur les côtés, ce qui lui donnait l'air triste. À la base du cou, il avait une tache de naissance de la forme d'un ourson. Il y portait souvent la main : ça ne pouvait être que son Focus. Son Maître-Chat était une femelle très fine, écaille de tortue, du nom de Mouchette.

Jeanne allait continuer son exploration quand Phoebe prit à nouveau la parole :

— Avant l'arrivée du Lutin Gourmand, vous avez droit à une courte récréation. Profitez-en, l'espace de détente est fait pour vous !

Les onze sorcières et sorciers se levèrent avec grand bruit et se dirigèrent avec bonheur vers le passage qu'Iris avait ouvert en appuyant sur l'étoile de cuivre de l'étagère.

— C'est quoi, l'activité temporaire, aujourd'hui ? cria Elias aux autres.

Phoebe, qui survolait le groupe, se dirigea vers un endroit caché derrière l'épais rideau d'un gigantesque saule pleureur.

— C'est une activité sportive. Un parcours en kayak, dans les détours d'une rivière… imprévisible. Pour tester votre instinct, vos réflexes et vos prises de décision rapides. Mais je vous rappelle que vous n'en aurez qu'un court aperçu, les véritables activités temporaires ne commenceront qu'à la rentrée de septembre.

Tous les jeunes se dirigèrent vers le ponton où des kayaks les attendaient. Ils s'y mirent par deux, Jeanne avec Brune. Elles partirent en premier après avoir enfilé un gilet de sauvetage et un casque. Très vite, elles furent embarquées par les flots de plus en plus tumultueux, tentant de ramer aussi énergiquement que possible. C'était épuisant, et il fallait qu'elles fassent à tout instant preuve des bons réflexes pour éviter les rochers, les bancs de sable, et même le kayak d'Elias et Arthur qui tentait de les doubler.

— Non mais c'est pas malin ! cria Brune en colère, faisant de grands gestes menaçants avec ses rames. C'est pas une course, prenez vos distances ! C'est déjà assez dur comme ça !

— Ah non, c'est trop facile, leur lança Elias, contredit par la couleur rouge vif de ses joues.

Jeanne releva ses rames.

— On les laisse passer, on s'en fiche, non ?

Elles ralentirent l'allure, et les deux garçons passèrent devant elles avec un air victorieux.

— Vous ne seriez jamais passés si on ne vous avait pas laissés faire, hein !

— Laisse tomber, Brune. Ça n'a pas d'importance.

Brune fit une grimace prouvant qu'elle pensait le contraire, mais se remit en place, et elles repartirent.

Les deux filles continuèrent pendant encore cinq minutes à se battre avec les éléments, le débit de plus en plus rapide, les rochers de plus en plus nombreux, quand, à un détour de la rivière, elles découvrirent le kayak des garçons échoué sur un banc de sable. Brune éclata de rire.

— Vous êtes punis, nananère !

Arthur était couché sur le dos, la respiration rapide.

— C'est Elias, il fait n'importe quoi pour aller plus vite !

— Ouais, facile d'accuser les autres, tu faisais pas attention, toi !

Les filles continuèrent leur descente, les laissant se disputer en riant.

Bientôt, elles arrivèrent au ponton et sortirent de leur embarcation. Elles se regardèrent en éclatant de rire : complètement trempées, les vêtements collés à leur peau, les cheveux plaqués sur la tête et les chaussures qui faisaient « scouich ! scouich ! » à chaque pas. En plus, elles commençaient à avoir des courbatures un peu partout et marchaient comme des vieilles grands-mères.

Fin-Galad les attendait et sourit en les voyant arriver dans cet état. Elle les emmena vers une caisse d'environ deux mètres, en bois blanc, sur lequel était peint un nuage personnalisé qui soufflait un vent fort. Le Grand-Maître écarta un battant et fit signe à Jeanne d'entrer.

— À toi l'honneur, Jeanne.

Surprise, la jeune sorcière se faufila dans la boîte que Fin-Galad referma. À peine était-elle entrée qu'une soufflerie se mit en marche, l'enveloppant d'un souffle fort et tiède qui les sécha, elle et ses vêtements, en un rien de temps.

— C'est génial, ce truc, dit-elle en ressortant quelques instants plus tard. Vas-y, Brune, tu vas voir, ça dépote ! Et ça chatouille, aussi. On se croirait dans un sèche-mains géant.

Brune, qui avait les cheveux crépus, ressortit avec une coupe afro impressionnante, ses cheveux formant une boule autour de sa tête, ce qui fit rire son amie et tous les enfants présents.

Après elles, les autres élèves passèrent les uns après les autres dans le sèche-sorciers et se retrouvèrent tout secs, tout propres et tout échevelés dans leur salle de classe. À peine s'étaient-ils assis qu'un personnage surprenant fit son apparition en sautant directement sur le bureau : petit (il devait mesurer un mètre vingt), des cheveux verts en bataille sur la tête, habillé d'un pantalon large et d'une tunique faits de toile de sac à pomme de terre, le tout maintenu par une grosse ficelle, il déclama avec sa voix de stentor et son accent que Jeanne reconnut bien :

— Bonjourrr les jeunes ! Je suis le Lutin Gourrrrmand ! Avec moi, vous allez apprrrendrrre la cuisine-sorrrrcière. Et vous ne serrrez pas déçus ! Je vous le dis ! Vous êtes prrrêts ?

Un grand silence s'ensuivit. Seule Jeanne l'avait déjà rencontré, dans la gargote même, la première fois qu'elle avait visité le Hameau. Elle avait été impressionnée. Elle l'était toujours, mais savait que derrière son apparence bourrue se cachait beaucoup de gentillesse. D'ailleurs, il reprit en lui faisant un clin d'œil discret :

— J'ai hésité entrrre les boulettes pilou au fafana et les rrröstis crrraquants-moelleux au mouzoï. Mais j'ai finalement prrréférrré la deuxième rrrecette.

Jeanne se souvint que, lors de sa visite au Hameau, elle avait participé avec plaisir à un de ses cours où elle avait fait des boulettes pilou. Elle avait hâte de goûter la nouvelle recette car elle avait un souvenir merveilleux de ce qu'elle avait bu et mangé. Elle lui rendit son clin d'œil avec un sourire.

Tout le monde passa dans la salle d'à côté, celle qui ressemblait à une salle de sciences. Par groupe de deux, les jeunes sorciers s'assirent sur les hauts tabourets face aux longues paillasses recouvertes de carreaux blancs, d'une plaque chauffante, d'un évier profond et de plusieurs robinets. Au fond de la pièce, un aquarium masquait la moitié du mur. On ne voyait pas s'il s'y trouvait des poissons car de nombreuses algues flottaient au gré des mouvements de l'eau. Des rangées d'étagères s'étalaient partout, garnies de tubes à essais, de microscopes, de flacons, de bouteilles, de balances, de boîtes en tout genre… Tout ce qui pouvait être utile à la science, la physique et la chimie, et probablement même à la cuisine. En effet, sur les tables étaient disposés des épluche-légumes, des passoires, des casseroles, des poêles et toutes sortes d'ustensiles. Sur l'immense comptoir sur lequel était grimpé le Lutin Gourmand, chacun put découvrir des paniers pleins de légumes connus et surtout inconnus.

— Ils viennent de mon potager. Tous mes prrroduits sont frrrais !

— Mais c'est quoi, ces trrrucs... euh... ces trucs ? demanda Elias. Je n'ai jamais vu des légumes pareils. C'est comestible ?

— Ah ça, il faudrrra t'y fairrre, mon jeune ami. Ce sont les frrruits et les légumes qu'on trrrouve au Hameau, et seulement au Hameau. Mais tu verrrrrras, quand tu goûterrras, tu serrras conquis.

Elias fit une grimace. Il n'était pas convaincu. Derrière lui, les autres regardaient aussi les légumes avec inquiétude.

— Allez ! Vous êtes prrrêts pour les rrröstis crrraquants-moelleux au mouzoï ?

— Euh... risqua Rabah d'une toute petite voix, je ne vois pas de viande...

— Ah ! Malheurrreux ! Jamais de viande au Hameau ! On ne tue pas les animaux. On trrrouve tout ce qu'il nous faut dans ces beaux légumes, ces cérrréales, ces légumineuses, ces... enfin, tout ça, quoi !

Manel, qui était à côté de Rabah, se pencha vers lui et murmura :

— Ben ouais, t'auras pas de hamburgers, quoi.

— Et toi non plus !

— Moi, ça m'est égal, je suis déjà végétarien...

Le Lutin Gourmand demanda l'attention de tous et commença à expliquer sa recette. Il y avait une base commune à tous, faite avec un légume qui ressemblait à s'y méprendre à une pomme de terre, mais après on pouvait agrémenter cette base avec les ingrédients que l'on voulait.

— Il y a la rrrègle, la rrrecette, la base, qui est incontourrrnable, mais aprrrès c'est la crrréativité de chacun qui entrrre en jeu. C'est à vous d'agrrrémenter à votrrre sauce, si je peux dirrre, votrrre rrrecette, quoi !

Tous les jeunes sorciers choisirent leurs produits et se mirent au travail. Pendant une demi-heure, on n'entendit que les conseils et les directives du Lutin Gourmand. Les élèves, très concentrés, prenaient plaisir à éplucher, découper, faire cuire, malaxer, arranger les ingrédients entre eux. Quand tout le monde eut terminé, le Lutin expliqua la phase finale :

— Maintenant que les rrröstis sont prrrêts, chaque table doit prrroposer aux autrrres une prrrésentation dans une de ces belles assiettes. Le drrressage est aussi imporrrtant que la dégustation ! Allez, allez ! Faites trrravailler votrrre imagination.

Chaque groupe se remit au travail, choisissant un plat, des fleurs, des graines germées ou encore des copeaux de fruits pour décorer sa recette. Jeanne et Victoria, qui faisaient équipe, avaient choisi d'intégrer dans la base de leurs röstis des légumes verts émincés. Uniquement du vert. Vert menthe, vert tilleul, vers anis, vert amande, vert bouteille… La variété de couleurs des légumes était presque infinie. Leurs röstis étaient comme piquetés de petits points de camaïeu de vert, et c'était très joli. Elles choisirent donc un long plat vert pâle qu'elles tapissèrent de feuilles d'une espèce de salade vert foncé, dressèrent plusieurs röstis dessus en formant une rosace, les saupoudrèrent de grains de poivre vert fluo et récupérèrent le jus de cuisson pour ajouter une sauce dans un petit bol vert sapin qu'elles posèrent au bord du plat.

— Ça en jette, fit Jeanne, contente de leur présentation.

— C'est quoi, ce poivre vert fluo, à ton avis ?

— J'en sais rien. Mais ça fait joli, toutes ces nuances de vert, tu trouves pas ?

Victoria approuva en ajoutant quelques grains de poivre par-ci par-là.

— Ouais ! C'est chouette. Et je suppose que tous ces ingrédients bizarres, ça se mange. Ils ne nous donneraient pas des trucs pour nous empoisonner, quand même.

— T'imagines qu'en mangeant notre recette on devienne vert fluo ?

Elles commencèrent à ricaner, ce qui dérida un peu le reste de la classe qui, après presque une heure de concentration intense, avait besoin de se décontracter. Tous se remirent à parler plus fort, à commenter leurs plats, à s'interpeller et regarder ceux des autres. Fin-Galad et le Lutin Gourmand en profitèrent pour venir voir les différentes présentations de plats, passant entre les paillasses, faisant eux aussi leurs commentaires.

— Pas mal, cet empilement de röstis les uns sur les autres, remarqua moqueusement Fin-Galad face au plat d'Elias et Céleste.

Ils avaient empilé une douzaine de röstis les uns sur les autres, qui formaient une drôle de petite tour branlante. Ça faisait un peu tour de Pise, mais c'était sympa.

Le Lutin Gourmand sauta sur la paillasse de Jeanne et Victoria.

— Ah ! Mais là je vois de la crrréativité en plus, des initiatives, des idées, avec ce camaïeu, cette petite sauce à part ! Mais alorrrs ! On veut détourrrner la rrrecette du Lutin Gourrrmand ?…

Les deux filles se mirent à rougir d'un coup, pensant avoir mal fait.

— Mais c'est excellent ! Brrravo ! Je vous félicite !

Jeanne poussa un profond soupir tandis que Victoria posa sa main sur l'épaule de sa camarade, soulagée.

— Merci, monsieur.

— Alors, qui a gagné ? questionna soudain Arthur, qui avait fait avec Manel des röstis rouge vif noyés sous une sauce beige un peu grumeleuse.

— Comment ça : qui a gagné ? Pourrrquoi, « gagné » ? On ne « gagne » pas, ici, on fait ce qu'on a à fairrre, et du mieux que l'on peut. Pas de compétition ni de classement…

— Oui, ça va vous changer de l'école ou du collège des Simples, mais il faudra vous y faire, intervint Fin-Galad.

Elias planta ses deux poings sur ses hanches.

— Eh ben moi, je m'y ferrrai, euh… je m'y ferai très bien. Bon alors, on mange, maintenant ?

Le retour à l'école de Mortepaille commençait fort : débuter la semaine par une dictée, après quinze jours de vacances, c'était terrible. Madame Hanneton relisait la dictée pour la deuxième fois, et Jeanne avait l'impression d'être rouillée, de ne plus savoir faire les accords, de ne plus connaître certains mots. À quelques tables d'elle, Charles poussait des soupirs désespérés.

La maîtresse avait décidé de changer les élèves de place, et Jeanne ne se trouvait plus à côté de Clarisse, mais de Julia. Elle était une excellente élève, savait tout sur tout, ne se trompait jamais et levait toujours le doigt pour répondre. Ce qui énervait beaucoup Jeanne et Clarisse. D'ailleurs, elle traçait avec application des flèches entre les mots au crayon à papier pour bien repérer les accords, comme madame Hanneton le leur avait appris.

Alors que tout le monde avait le nez penché sur sa dictée, dans un silence de mort, un petit bout de papier plié en quatre atterrit sur sa table. Discrètement, Jeanne l'ouvrit en souriant, pensant que ça venait de Clarisse ou de Charles. Mais, surprise ! Le mot écrit d'une écriture peu soignée au stylo rouge était signé Achille ! Jeanne en oublia sa dictée et leva la tête vers son ennemi. Il ne regardait pas, semblant absorbé, comme tous les autres de la classe, par la relecture de son travail.

Jeanne lut alors le mot :

Il faut que je te parle. Seul à seule. C'est super important.
Achille

Achille voulait lui parler ? Tout ça ne lui ressemblait pas. La jeune sorcière regarda dans la direction de Charles pour voir si ce n'était pas lui qui lui faisait une blague. Mais non. Elle sentit un regard sur elle et se retourna à nouveau vers Achille. Il avait levé les yeux vers elle et lui souriait timidement. Que s'était-il donc passé pendant les vacances pour qu'il ait changé à ce point ?

Elle déchira un morceau de feuille et répondit.

Je n'accepte que si tu promets que je ne risque rien.
J.

Elle lança le mot à Achille, qui lui répondit presque immédiatement.

Fais-moi confiance, tu ne seras pas déçue. En tout cas, je te promets, tu ne risques rien.
A.

Jeanne était très intriguée. Pour qu'Achille lui demande de la rencontrer, c'était forcément pour quelque chose de très important. Aussi, elle décida d'accepter. Elle lui fit signe de loin que c'était d'accord en faisant un signe de tête et en levant son pouce. Il lui renvoya un mot.

Super !

Rendez-vous dans la ruelle du Monte-à-Regret après l'école. OK ?

A.

La ruelle du Monte-à-Regret, c'était la rue qui menait au cimetière. Elle était sombre, entourée de maisons sinistres où l'éclairage fonctionnait une fois sur deux. Mais elle était tellement curieuse de ce qu'il avait à lui dire qu'elle fit un nouveau signe d'approbation à son intention. De toute façon, à l'heure de la sortie, il faisait jour, et elle n'aurait pas à s'inquiéter des sombres recoins de la ruelle.

Elle se replongea dans sa dictée, essayant de ne plus penser à la bizarrerie de la situation. Achille, son pire ennemi (à part Maître-Violet, bien sûr), qui lui faisait des signes gentils et souhaitait lui parler.

À la récréation, elle décida de ne rien dire à Clarisse et Charles car ils auraient sûrement voulu la dissuader, ou l'accompagner à son rendez-vous. Elle devait y aller seule et se faire une idée par elle-même. Elle restait méfiante, évidemment. Mais la curiosité était la plus forte. Cette journée de rentrée parut interminable tant elle était pressée de voir Achille. À 16 h 30, elle dit rapidement au revoir à Clarisse et à Charles, qui, étonnés, la virent s'éloigner d'un pas rapide.

Quand elle approcha de la ruelle du Monte-à-Regret, la vue des murs sordides de plusieurs maisons inhabitées la fit frissonner. Avait-elle bien fait d'accepter ce rendez-vous ? Surtout dans cet endroit ? Elle n'eut pas le loisir d'y penser davantage qu'Achille déboucha brusquement d'un passage entre deux habitations. Jeanne eut malgré elle un mouvement de recul et se tint sur ses gardes. Achille avança, un sourire aux lèvres.

— Je suis désolé de te rencontrer dans cet endroit, mais c'est le seul où je suis à peu près sûr que nous ne serons pas dérangés.

— Ah ouais ? fit Jeanne en se demandant pourquoi il ne voulait pas qu'on les surprenne. Peut-être voulait-il la blesser, la tuer même, loin des regards ! Elle frémit encore plus, regrettant d'être aussi curieuse.

— Et puis, j'habite un peu plus loin, là-bas.

Il montra une vieille bicoque délabrée à cent mètres de là, avec une minuscule cour envahie par les ronces et les orties devant. Il reprit :

— N'aie pas peur, Jeanne. Je viens faire la paix. Je… je me suis rendu compte de mon erreur. Les sorciers de mon groupe sont tous immondes ! Ils m'en font voir de toutes les couleurs : je ne suis pas assez sorcier, je ne suis pas assez méchant, je ne suis pas assez habile ! Tout ce que je fais est critiqué, moqué et… et…

Une larme pointa au coin de son œil. Jeanne, prise de pitié, s'approcha de lui et posa sa main sur son épaule. Achille releva la tête avec un sourire triste.

— Et puis Maître-Violet, l'effrayant Maître-Violet ! Tu n'imagines pas ce qu'il exige de nous. Je n'ose même pas te le raconter, tu en ferais des cauchemars ! C'est lui qui m'a forcé à rallier le treizième clan. Sous prétexte que je suis un rebelle, un peu agressif…

— Hum ! Hum ! Un peu…

— Bon. Oui, tu as raison, je suis agressif, et ma mère me dit souvent que j'ai beaucoup de violence en moi.

Mais, tu sais… J'ai des bonnes raisons. Elle est malade, et toute seule à nous élever, mon frangin et moi, avec le peu d'argent que nous envoie mon père.

— Tes parents sont séparés ?

— Oui, depuis que je suis petit. Non seulement ils sont séparés, mais ils se détestent. Et j'en veux à mon père, parce que lui il a plein de fric. Il est propriétaire d'un centre équestre, en Allemagne, et c'est lui qui me paie mes leçons d'équitation. Parce que, dans *sa* famille, il faut savoir monter à cheval, tu vois… Mais à part ça, et à part la semaine de vacances que je passe chez lui parce qu'il n'a pas le choix, je ne le vois jamais, et il ne s'intéresse pas à nous.

— Et vous vivez tous les trois ici, alors ?

— Ouais. Et c'est la galère, parce que mon frangin était parti de la maison, mais il est revenu y a pas longtemps. Un vrai voyou, voleur, menteur, et… qui me tape souvent. Alors, tu vois, c'est pas gai tous les jours, pour moi. Je suis pas là pour me plaindre, mais je crois que j'ai des bonnes raisons d'être *un peu trop* agressif.

— C'est bien que tu l'admettes, déjà.

Il se tut, tête basse. Jeanne ne reconnaissait pas le garçon arrogant qu'elle avait toujours connu.

— Mais alors, si tu quittes les clans de Maître-Violet, qu'est-ce que tu vas faire ? Tu n'es dans aucune classe de sorcellerie.

— Je sais. Je ne sais pas trop comment m'y prendre, et en même temps j'ai peur qu'on me rejette, qu'on se méfie de moi, ce qui serait normal. Alors je me disais que, dans un premier temps, je pourrais faire mes preuves avec toi, en devenant ton ami. Quand tu auras compris qui je suis vraiment, que tu m'accepteras comme ami, peut-être que les autres voudront bien de moi aussi.

Jeanne réfléchit. Achille avait redoublé son CM1 et avait donc un an de plus qu'elle. Il aurait dû normalement être dans la classe de sorcellerie avant la sienne. Elle ne savait pas trop comment il était possible qu'il rallie un des clans normaux, mais il serait temps, plus tard, si Achille faisait vraiment ses preuves, de demander à Fin-Galad. Pour l'instant, il avait raison. Inutile de prendre des risques inutiles. Qu'il essaie de devenir son ami n'était pas plus dangereux que quand il ne l'était pas, puisqu'ils étaient amenés à se côtoyer à l'école en permanence.

— Tu es d'accord, alors ?

Jeanne restait prudente. Elle n'oubliait pas ce qu'il s'était passé lors de la Nuit des Sorcières, quand Achille, aux côtés des autres de son clan, avait fait preuve d'une telle violence envers elle, envers ceux de sa classe et même envers les Grands-Maîtres.

— Je veux bien qu'on fasse un essai. Mais j'espère que j'ai raison de te faire confiance.

— Tu ne seras pas déçue, je te le promets.

— Ouais. On verra. Au fait, il va falloir que j'en parle à Clarisse et à Charles. Sinon, ils vont pas comprendre.

— Ah… Oui… Je vais devoir être copain avec eux aussi, du coup.

— Bah… Ce sont mes amis, alors, forcément…

— Oui, bien sûr, je comprends.

Jeanne regarda Achille attentivement. Il était bien plus grand qu'elle, ses cheveux châtains coupés très court lui donnaient l'air sévère, et il avait un œil légèrement plus petit que l'autre. Il avait un tic étrange, aussi : il remontait souvent le coin de sa bouche à la fin de ses phrases, sans même paraître s'en rendre compte. Il était tout le temps habillé de la même façon, à tel point que Jeanne s'était déjà demandé s'il n'avait que ce pantalon en toile grise, ces baskets sales, ce tee-shirt noir et ce pull beige dans ses placards. Un peu gênée, elle reprit :

— Bon, je dois rentrer à la maison, y a plein de devoirs. À demain, alors.

— Oui, Jeanne, à demain. Et… merci.

Une voix forte retentit en provenance de sa maison.

— Achille ! Qu'est-ce que tu fiches ! Espèce de sale gosse ! Faut préparer le repas, minus !

Ce devait être son frère. Achille sursauta et partit en courant sans attendre. Jeanne le regarda avec tristesse courir vers chez lui. C'est vrai qu'il n'avait pas l'air de vivre dans des conditions très agréables, et ça expliquait peut-être son comportement souvent méchant.

Jeanne fit demi-tour pour repartir, mais au même moment elle perçut des bruits furtifs par le soupirail d'une maison toute proche, comme si quelqu'un se déplaçait lentement. Elle s'approcha de l'ouverture et se pencha un peu, mais ne vit rien du tout. Le bruit d'ailleurs s'était arrêté, et elle se demanda si elle n'avait pas rêvé, ou si ce n'était pas tout simplement un chat. Elle quitta vite cette affreuse rue et rentra chez elle.

— Ah ! C'est quand même la belle vie, Rébellion. Je suis bien plus tranquille que pendant mon initiation. Tu te rends compte ? J'ai l'impression d'avoir repris ma vie d'avant... ou presque... Plus d'entraînement, tous les soirs, je ne vais qu'une fois par semaine dans la Classe-Mars pour faire du toboggan, du kayak ou de la cuisine, et même Rameau ne semble plus s'intéresser à moi.

— Je l'espère, fillette, je l'espère... Mais reste sur tes gardes. Tu sais que Rameau n'est jamais loin, de toute façon.

Jeanne pensa à ce qu'il s'était passé sur l'étang du manoir. Elle était quasiment sûre que Rameau se cachait derrière chaque événement mauvais qui lui arrivait. Les autres apprentis passaient une initiation sans soucis, mais elle, elle accumulait les histoires et elle savait pourquoi. Sa seule consolation était de se dire que le Maître-Violet ne pouvait pas la tuer tant qu'il ne s'était pas approprié son Focus. Il lui restait encore deux ans pour comprendre pourquoi il le voulait tant, et donc de pouvoir le contrer. Elle fit semblant de rien et continua sur un ton enjoué :

— En tout cas, j'adore la Classe-Mars ! Ils sont tous cool, et je sens qu'on va y apprendre des super trucs. Y a que Nyx qui m'impressionne un peu. Enfin, elle impressionne tout le monde, d'ailleurs.

— Nyx ? Oui, je comprends. C'est quelqu'un d'un peu particulier, tu as raison. Mais elle aurait vécu des choses dramatiques. Enfin, c'est ce qu'on dit.

Jeanne dressa l'oreille.

— Quoi ? Quelles choses dramatiques ? Dis-moi, Rébellion.

— Petite curieuse ! Tu ne changeras jamais. Mais je

ne sais pas si je dois te les raconter. Ça pourrait te faire peur… Et puis, on ne sait même pas si c'est vrai.

— N'importe quoi ! Pourquoi veux-tu que j'aie peur ? Allez ! Dis-moi, s'il te plaît !

— D'après ce que je sais, Nyx est un très très vieux corbeau. Elle aurait pas loin de cent onze ans.

— Ça n'a rien de surprenant : Pétronille et Azalée en ont bien cent treize.

— Oui, mais Pétronille et Azalée sont des sorcières. Nyx est une femelle corbeau. Ce n'est pas la même chose.

— Ah oui, convint Jeanne. Et alors ?

— Nyx aurait vécu une faille de la Source, et…

— Une quoi ?

— Ah oui, je ne t'ai pas parlé des failles de la Source. Il faut déjà que je t'explique ça, alors. Tu te rappelles ce que c'est que la Source, hein ?

— Oui, Marin me l'avait montrée quand il m'a fait visiter le Hameau. C'est là, paraît-il, que se trouve le Maître-Source, le maître des maîtres ?

— Oui, le Grand Gardien de la Source Sacrée, lieu de toutes les connaissances. C'est là que passe l'énergie des étoiles, par le catalyseur, pour ensuite diffuser les ondes des savoirs jusqu'aux sorciers. Normalement, personne ne peut pénétrer dans les galeries qui mènent à la Source car le lieu est protégé par des forces puissantes. Mais la Source est parfois en proie à des failles, qui fragilisent momentanément ses protections. Il existe des failles plus ou moins profondes, permettant d'aller plus ou moins loin dans les galeries.

— Mais alors n'importe qui peut entrer et voir le Maître-Source !

— Ce n'est pas si facile. D'une part parce que les failles s'ouvrent à des moments complètement imprévisibles que personne ne peut anticiper, et d'autre part parce que l'accès n'est jamais complet. Les rares personnes qui ont pu y pénétrer te le diront : on peut s'avancer un peu dans les galeries, qui en plus forment un labyrinthe compliqué, mais jamais personne n'a réussi à aller jusqu'au bout. Personne.

— Ah… fit Jeanne, pensive.

Elle se souvenait de la fois où elle avait approché l'entrée de la grotte menant à la Source et où elle avait ressenti un courant électrique léger la parcourir tout entière. Elle préféra n'en rien dire à Rébellion, qui reprit :

— Mais j'en reviens à l'histoire de Nyx. Il y a longtemps, Nyx était un veilleur. Sa vive intelligence faisait d'elle le veilleur parfait des abords de la Source. Même si cette dernière était impénétrable, il avait paru important au conseil des sorciers de placer là un gardien pour signaler les allers et venues, et les éventuelles manifestations étranges liées à ce lieu sacré. Comme les failles, justement. Elle avait donc son nid dans les grands arbres, non loin de l'entrée de la Source. À un moment, elle a entendu des incantations étranges répétées en boucle et a décidé d'aller voir ce que c'était, découvrant un sorcier revêtu d'une longue cape et d'une capuche lui cachant le visage. Debout face à l'entrée, il marmonnait des paroles incompréhensibles, mains en avant, comme s'il jetait un sort. Tout le monde sait qu'il est impossible de jeter un sort à cet endroit, c'est pourquoi Nyx fut très surprise de voir le sorcier s'avancer et traverser le mur invisible, qui est la première protection. Nyx pensa aussitôt qu'une faille venait de s'ouvrir et que l'individu allait en profiter. Elle se précipita pour l'en empêcher.

— Et alors ? demanda Jeanne, au comble de la curiosité.

— À l'intérieur, dans la première salle qui précède l'entrée des galeries du labyrinthe, Nyx a attaqué l'homme pour qu'il n'aille pas plus loin. Celui-ci a répondu, sortant une arme blanche, un couteau de combat court à la lame à double tranchant forgée dans un métal brillant, et dont la garde et la poignée représentaient un animal dont Nyx n'a pu voir que les yeux faits de deux améthystes. Une bataille s'en est suivie entre Nyx et le sorcier, qui a très vite tourné au désavantage du corbeau, l'homme étant doué d'une force et d'une vivacité exceptionnelles. Avec une dextérité incroyable, il a fendu l'air de sa lame éclatante et a coupé les deux ailes de Nyx. Elle est tombée au sol, sans connaissance, se vidant de son sang.

— C'est horrible... Mais... Mais je ne comprends pas ! Nyx a ses deux ailes, pourtant !

— Oui, et c'est ça le plus étrange de l'histoire : Nyx est restée plusieurs jours sans connaissance, et, quand elle s'est réveillée, ses... ailes avaient repoussé.

— Non ! Mais... comment ?

— Ça, personne ne le sait. Elle-même n'en a aucune idée. Il paraît qu'elle a ressenti ensuite une énergie nouvelle, et elle bénéficie maintenant d'une longévité hors norme.

— C'est génial, ça !

— Pas pour elle. Elle a vu naître et mourir ses propres enfants. Elle survit à tous ceux de son espèce, et je ne suis pas sûre que ça lui plaise...

— Oui, je comprends mieux pourquoi elle est si distante...

Ce que l'instinct de Jeanne lui disait également, c'est qu'elle-même avait vécu quelque chose d'anormal aux abords de la Source. Y avait-il un rapport entre le fait qu'elle était différente des autres sorcières et la Source ?

Il était 16 h 30, et les élèves sortaient de l'école, bavardant sur la place de la Claire-Fontaine avant de rentrer chez eux. Beaucoup allaient à la boulangerie s'acheter un goûter, comme Jeanne, qui raffolait des pains au chocolat. Au moment où elle entrait dans la boutique, Achille en sortait avec un petit sac plein de bonbons. Il fit un discret sourire à Jeanne, qui le lui rendit.

— Tu… tu veux un bonbon, Jeanne ?

Il sortit de son sac une grosse fraise rose et la lui tendit. Charles eut un mouvement de recul, mais Jeanne prit le bonbon, pensant que c'était important de faire cet effort.

— Merci, Achille.

Elle le mangea directement, puis entra s'acheter son goûter.

Jeanne fut donc obligée d'expliquer à Clarisse et Charles le revirement d'Achille.

— Et tu le crois ? s'indigna Charles.

— Pourquoi ? Pas toi ?

— Après tout ce qu'il nous a fait… ce qu'il *t'a* fait ! Et la Nuit des Sorcières, hein ? C'était pas une preuve de sa méchanceté, ça ?

— Il dit qu'il a été manipulé…

— Il faut peut-être lui faire un peu confiance, intervint

Clarisse en posant sa main sur l'épaule de Charles pour le calmer.

— Eh bien moi, j'y arrive pas ! C'est un cafard, et ça restera un cafard.

— Charles…

— On peut quand même faire un essai, non ?

— Mouais, mais alors promets-moi de rester sur tes gardes. Je le sens pas, moi… Ça tient pas bien debout, son histoire : sa mère pauvrissime, son père richissime, il vit dans une maison délabrée, mais il fait du cheval… Ça te paraît pas louche, tout ça, toi ?

— Ben pourquoi ça serait pas possible ? lança Clarisse. Des histoires de familles bizarres, on en voit tous les jours… Ça n'a rien d'extraordinaire !

— De toute façon, précisa Jeanne, peut-être pour se rassurer elle-même, je ne vais pas passer ma vie avec lui. On ne se dispute plus, on se parle gentiment… et puis c'est tout.

— Mouais… N'empêche que moi je reste prudent. Je vous laisse, les filles, j'ai plein de choses à faire, ajouta subitement Charles en faisant demi-tour.

— Tu ne prends pas de goûter ?

— Y a des gâteaux à la maison, ça ira ! Et puis on a plein de travail pour demain, avec le contrôle de tables de multiplications, alors…

— Eh bien, Charles, tu deviens sérieux ? fit Clarisse en riant. T'as envie de travailler ?

— Non, mais ma mère me menace de me mettre en pension en sixième si je ne progresse pas, alors, bon… Je fais un peu d'effort, quoi ! Juste de quoi éviter la pension et être dans le même collège que vous, les filles.

Jeanne et Clarisse payèrent leur pain chocolat et sortirent s'asseoir sur un des bancs de la place.

— Je ne vais pas trop traîner non plus, expliqua Jeanne entre deux bouchées. Il faut que je rentre à la maison parce que j'ai une activité avec la Classe-Mars, ce soir. Et j'ai pas envie de la rater, c'est trop génial, tout ce qu'on fait !

— T'as de la chance, j'aimerais bien, moi aussi…

— Ouais, mais des fois y a des trucs qui sont un peu lourds, aussi, tu sais…

Jeanne prit Clarisse par l'épaule et ajouta :

— Et puis on est liées par le serment des Sentinelles, alors du coup, contrairement à tous les Simples, vous faites un peu partie du monde des sorciers, Charles et toi.

Clarisse sourit en se rappelant tout ce qu'ils avaient vécu depuis l'annonce que Jeanne était une sorcière.

— T'as raison… Alors, tu me raconteras ce que vous avez fait ?

— Comme d'habitude !

Clarisse était la meilleure amie de Jeanne. Elles partageaient beaucoup de choses même si la jeune sorcière était parfois obligée de lui dissimuler certains événements. Cela dit, Clarisse était très perspicace et assez fine pour ne pas insister si elle voyait que cela gênait son amie.

Elles se séparèrent pour rentrer chez elles.

Pendant ce temps, Charles, qui avait bien vérifié que personne ne le regardait, avait bifurqué de sa route habituelle pour suivre Achille discrètement. Il ne s'était jamais posé la question de savoir où il habitait, mais, maintenant que Jeanne le lui avait dit, il allait tout vérifier par lui-même. À commencer par la maison délabrée de la ruelle du Monte-à-Regret : était-elle vraiment l'habitation d'Achille ? Avait-il réellement un frère violent ? Une mère malade ? Avec ce cafard, Charles s'attendait à tout et était vraiment contrarié que Jeanne et Clarisse n'aient pas sa défiance. Il le suivait en tâchant d'être le plus discret possible, avançant lentement, se cachant derrière les voitures ou les buissons pour qu'Achille ne le repère pas. Ils arrivèrent ainsi au début de la ruelle du Monte-à-Regret. Achille entra effectivement dans une vieille maison délabrée, et Charles fut bien obligé d'admettre que là-dessus son ennemi n'avait pas menti à Jeanne. Il resta quelques instants caché au coin d'un mur, écoutant les bruits de la maison. Une voix de femme lui parvint, assez faible, ponctuée par les grognements d'une autre personne, probablement le grand frère. Charles attendit encore quelques instants, puis, comme rien de nouveau ne se passa, il pensa qu'il n'arriverait plus rien de déterminant et repartit par où il était venu pour rentrer chez lui.

Il eut à peine le dos tourné qu'Achille passa la tête par la fenêtre entrouverte, resta un moment à le regarder partir, puis, quand Charles eut disparu, ressortit de la vieille bicoque.

Dans la Classe-Mars, l'activité de la semaine était une conférence sur les Astrandes proposée par Nennvial. Jeanne aimait beaucoup Nennvial, Grand-Maître de la clairvoyance, et qui était dans la vie des Simples son professeur d'équitation. Elles se connaissaient bien et s'appréciaient.

— Vous allez voir un film d'animation dont les héros sont les trois Astrandes d'une maison où vivait une jeune sorcière du nom d'Isabelle. Mais avant cela je vais vous en dire un peu plus sur le sujet. Il existe beaucoup de zones d'ombre sur les Astrandes, on ne connaît pas tout. Ils ne répondent jamais aux questions, n'ont pas d'état civil, même pas de prénom et de nom, à part ceux que vous leur donnerez. Je vais donc vous apprendre tout ce que l'on sait sur ces petits êtres surprenants.

Les élèves-sorciers avaient eu la surprise de trouver leur salle de classe changée. À la place des tables en carré se trouvaient de confortables fauteuils tendus de tissu rouge, face à un écran géant.

— Ouaaah ! Comme au ciné ! s'exclama Elias en remettant sa mèche.

Tous s'installèrent confortablement, Jeanne entre Manel et Brune.

— Ce qu'il vous faut savoir, commença Nennvial, c'est que les Astrandes vivent dans toutes les maisons de sorciers, au cœur des murs des Laboratoires. C'est difficile à comprendre, nous-mêmes ne savons pas à quoi c'est dû, mais ils en sont le ciment.

— Comment ça, le ciment ? demanda Jeanne, qui était passionnée par le sujet, mais ne comprenait pas ce que ce terme signifiait.

— En fait, nous avons remarqué que leur présence dans les murs de vos Laboratoires empêchait toute intrusion étrangère. Comme si les Astrandes, par leur présence, ou autre chose que nous ignorons, produisaient une protection supplémentaire des jeunes sorciers pendant leur formation.

— Nos anges gardiens ? questionna Brune.

— Un peu ça, oui. Mais pas seulement. Ils sont présents tout le temps de la formation du jeune, puis ne se manifestent plus jusqu'à la prochaine génération de sorciers. On ne sait pas trop ce qu'ils font pendant toutes ces années de veille. Les avis divergent. Certains pensent qu'ils hibernent et ne se réveillent qu'au moment de l'examen de fin d'initiation. D'autres imaginent qu'ils entretiennent le Laboratoire afin que tout ce qui s'y trouve reste en bon état.

— Mais alors ça veut dire qu'on n'a plus de Laboratoire quand la formation est terminée ? fit Jeanne, étonnée.

— En effet. Le Laboratoire n'est destiné qu'aux apprentis-sorciers. Après, vous trouverez tout ce dont vous aurez besoin au Hameau.

Les jeunes se regardèrent. Le Laboratoire était un lieu si fantastique qu'il semblait impossible de le quitter à tout jamais à la fin de leur formation. Seule Jeanne savait que le Hameau l'était encore plus. Nennvial continua ses explications sur les Astrandes :

— Pendant la période de votre formation, vous pourrez le constater, ils sortent des murs et y entrent quand bon leur semble, et souvent sans que l'on ne s'en rende compte.

— Mais c'est quand même bizarre qu'ils vivent dans les murs ? s'émut Céleste, qui voyait mal comment des êtres pouvaient habiter entre les cloisons peu épaisses de sa maison moderne.

— Ne t'inquiète pas, la rassura Nennvial. Ils n'ont pas la même perception de l'espace que nous. Du temps non plus, d'ailleurs.

Elle déplia une grande affiche qui montrait trois Astrandes vêtus de l'inévitable pantalon vert trop court et du bonnet d'où dépassaient leurs cheveux en bataille et leurs oreilles pointues.

— Les Astrandes vont toujours par trois. Ce ne sont ni des filles ni des garçons. Ou plutôt, ils peuvent à volonté avoir l'apparence d'une fille ou d'un garçon.

— Non mais quand ils sont tout nus, on peut quand même voir s'ils ont un… enfin, vous voyez, quoi, fit Elias en ricanant, le rouge aux joues.

— Eh non, Elias. Leur anatomie n'est pas comme la nôtre, et ils n'ont en tout cas pas de genre apparent.

— Oh ben ça, ça doit être pénible, reprit le jeune garçon. En tout cas, j'aimerais pas, moi.

— Ça tombe bien, t'es pas un Astrande, lui rétorqua Manel en riant.

Le Grand-Maître sourit et reprit :

— Comme vous l'avez tous constaté le jour de votre examen de fin d'initiation, les Astrandes sont des personnages très joyeux. Ils aiment rire, faire des blagues, se taquiner. Les trois sont très liés entre eux. On suppose que ce sont des frères ou des sœurs. Ils ne se séparent jamais et se ressemblent en général beaucoup. Ils sont entièrement dévoués à une famille de sorciers sur de nombreuses générations.

— Mon Maître-Chat m'a parlé du rituel des Astrandes, dit Manel très calmement. C'est quoi exactement ?

— Eh bien, à chaque nouvelle génération de sorciers, il faut que le jeune s'approprie ses Astrandes. Pour cela, les trois doivent recevoir une greffe d'un cheveu de leur propriétaire. Leur physique en prend alors certaines caractéristiques, comme s'ils avaient ingéré l'ADN qui est dans le cheveu : même couleur de peau, de cheveux et d'yeux que leur sorcier. En plus, lors du *rituel des Astrandes*, vous devez leur donner un prénom.

— Un seul prénom pour les trois ? interrogea Farah.

— Non, non, un chacun, précisa Nennvial.

— Comme à tes poupées, pouffa Arthur.

Farah lui lança un regard qui en disait long sur ce qu'elle pensait de sa remarque, et Arthur baissa le nez sur ses chaussures sans rien ajouter.

— C'est chouette ! Encore une cérémonie, fit Jeanne, qui avait déjà lu pas mal de choses sur eux dans son livre et avait hâte de faire le rituel. À quel moment on pourra le faire ?

— Dès que vous aurez vu le film, ce sera à vous de trouver une date et de l'organiser comme vous le souhaitez.

— Ce n'est pas compliqué ? On va leur greffer nous-mêmes nos cheveux sous… enfin sous la peau ? Comment on fait ? demanda Jules.

— Oh non ! Tu vas voir, ils le font eux-mêmes. Ils savent de toute manière très bien la façon de procéder et vous guideront. Mais regardons le film, tout est expliqué dedans. Enfin, après une petite récréation, bien sûr.

Les élèves se levèrent précipitamment de leur siège pour se diriger vers l'espace de récréation, se demandant quelle nouvelle activité les attendait.

— Aujourd'hui, fit Iris en ouvrant le mur, vous allez jouer les architectes. Voilà le bac-à-sable-des-bâtisseurs. Ce sable est très spécial, mêlé à une poudre magique, et permet de faire des constructions exceptionnelles. Aujourd'hui, vous ne bâtirez qu'un petit édifice pour vous donner une idée de l'activité.

La récréation passa vite. Jeanne construisit un phare. Le sable, transparent par endroits, permettait de voir l'intérieur du bâtiment, qui prenait aussi forme avec un ameublement modelé par le jeune créateur. Quand elle eut terminé sa construction, elle alla prendre une boisson fraîche à la fontaine à eau parfumée et retirer une grande tartine beurrée avec une barre de chocolat au distributeur de goûter. Puis ils revinrent tous s'asseoir dans la salle de classe, transformée en salle de cinéma pour l'occasion. Le film commença aussitôt, et, à part quelques détails sur le rituel, ils n'apprirent rien de nouveau sur les Astrandes. À la fin de la projection, Nennvial reprit la parole :

— Alors, je récapitule. Pour faire venir les Astrandes, il suffit de les appeler. Vous dites « Astrandes » tant qu'ils n'ont pas de prénom, puis vous les appelez par leur prénom. Attention, c'est très important de le faire. En fait, même s'ils sont toujours en train de rire, les Astrandes sont très soucieux du protocole !

— Du quoi ? demanda Brune.

— La façon de procéder, si tu veux. Les règles à respecter, aussi. Bon, et sinon, vous avez bien noté comment se passe la greffe de cheveu ? Vous coupez vous-même, et devant eux, trois centimètres d'un cheveu, que vous recoupez en trois parties. Un centimètre par Astrande. Puis vous donnez à chacun son petit brin de cheveu dans le cadre d'une petite cérémonie.

— Une cérémonie ? Du style smoking-coussin-courbettes et compagnie ?

— C'est à toi de décider, Arthur. C'est à vous de déterminer comment faire. Et puis vous terminez par une fête, ils apprécient toujours beaucoup ça. Vous avez vu, dans le film, ils disent que la boisson préférée des Astrandes est le sirop de violettes, et leur mets préféré les choux à la crème de rose. N'oubliez pas !

— Ben où on va trouver des trucs pareils ? s'inquiéta Jules.

— Ah ! Ça, c'est à toi de trouver ! Ça montre aussi le degré d'intérêt que tu leur portes.

— Et après alors, insista Jeanne, les Astrandes vont dormir onze jours de suite, c'est ça ?

— Voilà. Ces onze jours sont nécessaires pour que la greffe prenne et que leur métamorphose soit terminée. Au bout de ce laps de temps, ils auront votre couleur de peau, de cheveux et d'yeux.

Les jeunes élèves commencèrent à parler tous en même temps :

— Oh ! Ça va faire sacrément bizarre, ça !

— Surtout pour Brune : avoir des Astrandes avec un œil bleu et un œil vert…

— Mais sinon, le reste, ça change pas ?

— Non, ils restent tels qu'ils sont. Seuls ces trois caractéristiques changent.

— J'suis pressé de voir ça…

— Et faut leur trouver un prénom. J'ai le droit de les appeler Elias 1, Elias 2 et Elias 3 ?

— C'est complètement crétin, Elias.

— Ben toi, tu vas appeler les tiens Idiot 1, Idiot 2 et Idiot 3 !

— Pppffff !

Le fou rire les gagna rapidement. En pleurant de rire, ils inventaient des prénoms bizarres qui les faisaient encore plus rire.

En quittant la salle, Jeanne riait encore. Elle avait encore plus hâte de commencer. Mais c'est vrai, d'abord, elle devait trouver du sirop de violette, de la crème de rose et aussi trois prénoms pas trop idiots…

Jeanne, penchée sur l'ordinateur portable de sa mère, faisait défiler les prénoms d'un blog de parents. Elle lui avait expliqué qu'elle faisait des recherches pour un exposé à l'école et, depuis dix minutes, elle s'évertuait à chercher trois prénoms pour ses Astrandes. C'était d'autant plus compliqué qu'elle ne savait pas si elle devait leur trouver des noms féminins ou masculins. Au hasard de ses recherches, elle vit qu'il existait des prénoms mixtes, que l'on pouvait donner aussi bien aux filles qu'aux garçons et commença à chercher dans ces listes. Comme elle voulait que ses Astrandes aient des prénoms originaux, elle passa sur les Claude, les Alix ou les Dominique, et finit par en trouver trois qui lui plaisaient beaucoup : Sasha, Swann et Élie.

— C'est parfait, fit-elle tout haut en répétant plusieurs fois les prénoms : Sasha, Swann et Élie, Sasha, Swann et Élie… Ça fait super joli ! Bon. Maintenant, il faut que j'organise leur fête.

Elle attrapa un long carnet à dessins que sa mère venait de lui acheter, à sa demande, pour noter ce qu'elle voulait préparer.

— Alors, il me faudra trois coussins, une paire de ciseaux, un petit tapis, du sirop de violette, des choux à la crème de rose… Où est-ce que je vais bien pouvoir trouver ça, moi ? J'irai demander à la boulangère, elle saura peut-être les faire ?

Sur la page d'en face, elle se dessina, Rébellion à ses côtés, les Astrandes en rang devant elle, prêts à venir sur le tapis pour y recevoir leur morceau de cheveu. Elle reproduisit ensuite tout ce dont elle avait besoin. Elle était bien concentrée sur son dessin quand sa mère l'appela depuis le rez-de-chaussée :

— Jeanne, il est l'heure de partir au cheval. Tu es prête ?

Sa leçon de poney ! Jeanne avait oublié sa leçon de poney ! Elle n'en revenait pas elle-même, mais il est vrai que le rituel des Astrandes avait monopolisé toute son attention tellement elle voulait réussir sa cérémonie. Elle se prépara à toute vitesse et descendit rejoindre sa mère, qui l'attendait déjà dans la voiture.

Elle était à peine arrivée au centre équestre que Clarisse lui sauta dessus, très énervée.

— Jeanne ! Jeanne ! Mes parents sont d'accord pour que je fasse une boum pour mon anniversaire, et tu sais quoi ? Ils m'autorisent à inviter vingt copains !

— Vingt ? Ouuuuah ! C'est top !

— Ouais, ils disent que onze ans, c'est un cap.

— Bah ! C'est pas moi qui te dirais le contraire.

— Oui, c'est sûr que pour toi c'était un sacré cap !

— Et tu veux la faire quand, ta boum ?

— Je sais pas, je voulais en parler avec toi. Un soir où tu n'as pas ta Classe-Mars. Et le temps qu'on organise, on pourrait faire la boum dans quinze jours.

— On la ferait chez toi ?

— Ouais, dans la salle, elle est immense, ça ira. Mes parents vont pousser tous les meubles, et tu sais quoi ? Ils ont acheté une boule à facettes genre disco, et plein de spots et d'éclairage d'enfer pour la soirée.

— Cool ! Ça va être génial !

Au même instant, Achille passa devant elles et leur fit un grand signe.

— Salut les filles ! Ça va ?

— Salut Achille, tu montes qui ?

— Tempête, et vous ?

— Fleur de Rive, fit Jeanne.

— Et moi, Timour le capricieux.

— C'est sûr qu'il n'est pas très facile. Mais tu devrais t'en sortir !

Il s'éloigna pour préparer son cheval. Clarisse regarda Jeanne en relevant les sourcils.

— Non mais qu'est-ce qu'il a changé, celui-là !

— Incroyable, hein ?

— Et si je l'invitais à ma boum ? Qu'est-ce que t'en penses ?

Jeanne éclata de rire.

— À ta boum ? Charles va faire la tête, je te préviens…

— Oh ! Charles ! Il va falloir qu'il arrête de voir le mal partout, lui.

— Ouais, t'as raison. Ben écoute, c'est toi qui décides, mais ce serait une bonne façon de voir de plus près s'il est vraiment devenu quelqu'un de bien.

— D'accord ! Bon, je crois qu'il faut y aller, Annabelle nous appelle.

Quand elle entra dans le manège, Annabelle-Nennvial lui fit un signe de la tête à peine perceptible, et Jeanne sourit intérieurement. Puis la monitrice commença sa leçon, ne faisant plus aucune différence entre Jeanne et les autres élèves. Diabolo, le poney avec qui Jeanne avait des conversations télépathiques, n'était pas monté à cette séance, et Jeanne le regretta car elle aimait parler avec lui. Après quinze jours sans monter, les élèves étaient un peu rouillés, mais la séance – une leçon de mise en selle – se passa très bien. Jeanne, qui montait à cheval depuis quatre ans, retrouvait à chaque fois de bonnes sensations et oubliait tout le reste, pour ne se concentrer que sur son travail avec son cheval.

Trois jours plus tard, Jeanne décida qu'elle était prête pour le rituel des Astrandes. Elle avait rassemblé tout le matériel nécessaire et trouvé du sirop de violettes au supermarché. Pour les choux à la crème de rose, ça avait été plus compliqué car il avait fallu en commander à la boulangerie, à la grande surprise de la mère de Jeanne, qui tout d'abord ne comprit pas d'où sortait cette nouvelle lubie de sa fille.

— Maman, c'est pour l'anniversaire de Clarisse. Tu sais bien qu'elle adore ça.

— Non, je ne savais pas. Et puis, l'anniversaire de Clarisse, c'est pas dans deux semaines ? Tes choux ne vont jamais tenir le choc.

— Oui, mais faut bien que je goûte si c'est bon, d'abord. Et si ça l'est, j'en recommanderai juste avant l'anniversaire. Voilà.

Agnès Rossignol avait souri, pensant que sa fille était vraiment gourmande.

Le soir même, Jeanne alla dans le Laboratoire avec Rébellion après s'être assurée que sa mère s'endormait bien devant la télé.

— Tu me dis si je ne fais pas bien les choses, hein, Rébellion ?

— Fillette ! Tu as répété cent cinquante fois ta cérémonie, et j'ai vu une bonne centaine de répétitions. Ça va aller, je t'assure. Les Astrandes tiennent à leur protocole, c'est sûr, mais ils ne sont vraiment pas compliqués. Sois tranquille.

Dans le Laboratoire, elle alla dans l'espace sous la mezzanine, qui était un des endroits les plus conviviaux, avec une table basse et des grands poufs. Elle poussa la table sur laquelle elle posa son matériel, le panier où étaient les boissons et les gâteaux dissimulés par un chiffon, mit le petit tapis rectangulaire par terre et frappa trois fois dans ses mains en déclamant :

— Mes chers Astrandes

« Écoutez mon appel

« Acceptez ma demande

« C'est l'heure du rituel

À peine eut-elle prononcé ces paroles que les trois Astrandes se matérialisèrent au pied d'un mur sans que Jeanne n'ait vu comment ils étaient arrivés. Ils se mirent à courir dans tous les sens, à bondir, en riant aux éclats.

— On écoute ton appel !

— On accepte ta demande !

— C'est l'heure du rituel !

Ils s'arrêtèrent et se postèrent devant Jeanne, soudain sérieux.

— Vous êtes prêts ? leur demanda-t-elle.

— Prêt !

— Prêt !

— Prêt !

— Alors nous pouvons commencer, proclama Rébellion d'une voix solennelle. Jeanne de Mortepaille, il t'appartient aujourd'hui de t'attacher ces trois Astrandes, pour toujours, par le rituel qui va débuter maintenant.

Jeanne prit une grande inspiration et attrapa sa paire de ciseaux. Elle coupa un de ses cheveux et le plia, comme elle l'avait vu faire dans le film, pour le partager en trois parties égales d'environ un centimètre. Quand elle eut découpé les trois brins, elle en plaça un sur chaque coussin et retint son souffle. Il n'était pas question de les faire s'envoler. Rébellion reprit :

— Maintenant, les Astrandes, postez-vous l'un derrière l'autre, face au tapis. Jeanne va procéder à la nomination.

Prenant son rôle très au sérieux, Jeanne attrapa délicatement un coussin et fit signe au premier Astrande de s'avancer. Puis elle déclara très lentement :

— Voilà ton brin, et je te nomme… Sasha !

Sasha prit le brin, l'appliqua sur son avant-bras, ce qui eut pour effet immédiat de le faire pénétrer sous la peau. Puis, tout souriant, il fit une révérence à Jeanne, puis une à Rébellion, et enfin se tourna vers ses deux comparses :

— Je suis Sasha, et je jure fidélité à Jeanne ! À vous !

Le deuxième Astrande s'avança à son tour, et le rituel se répéta de la même façon.

— Voilà ton brin, et je te nomme… Élie !

Après les révérences d'usage, il cria au dernier :

— Je suis Élie et je jure fidélité à Jeanne ! À toi !

Quand le troisième se présenta, son visage s'éclaira d'un merveilleux sourire, et Jeanne reconnut celui sur qui elle avait essayé la potion de la joie le jour de son premier examen. Sans vouloir se l'avouer, elle avait une petite préférence pour celui-là. Elle lui donna à son tour le brin de cheveu, qu'il appliqua sur son bras, et lui dit :

— Voilà ton brin, et je te nomme… Swann !

— Je suis Swann et je jure fidélité à Jeanne ! Nous avons tous un prénom, maintenant.

Jeanne sortit de son panier des verres et des assiettes à dessert, le sirop de violette et les choux à la crème de rose.

— Et voilà pour vous, lança-t-elle joyeusement.

— Ouah ! Sirop à la violette ! s'écria Élie.

— Ouah ! Choux à la crème de rose ! clama Sasha.

Swann, lui, était resté sur le tapis et se grattait l'avant-bras, à l'endroit de la greffe.

— Tu viens goûter, Swann ?

L'Astrande rejoignit les autres, et ils commencèrent à se goinfrer de choux, engloutissant des verres et des verres de sirop, en riant comme des jeunes enfants.

— Hééé ! Doucement ! Vous allez être malades si vous en mangez trop ! s'inquiéta Jeanne.

— Nous ? Jamais malades, voyons !

— Jamais !

— Ah non !

— Quand même ! Ce n'est pas très bon d'engloutir si vite. Prenez au moins le temps de mâcher un peu. Vous allez finir par vous étouffer.

Rébellion, assise dans un coin, regardait sa jeune protégée avec tendresse. Jeanne prenait toujours soin des autres, elle était empathique, généreuse et foncièrement gentille. Rébellion considérait ces qualités comme de grandes forces et était fière de constater qu'elles étaient remarquables chez Jeanne.

Les Astrandes avaient maintenant pris la jeune fille par la main et dansaient en sautillant autour du tapis. L'un d'eux chantait d'une voix de fausset un chant aux paroles incompréhensibles, repris en chœur par les deux autres qui faisaient « la la la la la » à tue-tête. Jeanne avait les joues rouges et les yeux brillants, et riait aux éclats tandis que les Astrandes lui tiraient sur les bras pour tourner encore plus vite. Au bout d'un instant, ils s'arrêtèrent soudain et dirent tous en même temps :

— La métamorphose a commencé…

— Nous devons aller dormir…

— À dans onze jours, Jeanne…

Et ils disparurent aussi mystérieusement qu'ils étaient apparus, laissant Jeanne essoufflée et ravie de sa petite cérémonie.

— C'était drôlement réussi, hein ? fit-elle à Rébellion, qui s'avançait vers elle.

— Ah oui ! Une très jolie petite fête ! Maintenant, leur métamorphose va s'effectuer, et tu les retrouveras dans onze jours.

— Ça va être bizarre, non ?

— Pas spécialement. Ils restent eux-mêmes, au fond. Toujours avec leur caractère joyeux et leurs pouvoirs très spécifiques. Ce n'est pas une couleur de peau ou de cheveux qui peut changer ça.

— Oui, c'est vrai, admit la jeune sorcière.

Tout en discutant, elles remontèrent dans la maison.

Pendant ce temps, au cœur des murs, deux Astrandes dormaient d'un sommeil calme et serein, sourire aux lèvres. Mais Swann, le troisième, avait un sommeil agité, se grattant frénétiquement l'endroit où la greffe du brin de cheveu de Jeanne était censée provoquer la métamorphose.

Seulement, sur sa peau à lui, précisément à cet endroit, une vilaine boursouflure commençait à se former et à s'étendre.

❋❋❋

— Parfait… Le rituel a eu lieu, et, si tout marche comme je l'ai prévu, les Astrandes vont être infectés par le cheveu empoisonné. Le Laboratoire deviendra une vraie passoire… On y entrera et sortira à notre guise… Ha ! Ha ! Ha ! Ha !

La créature poussa la porte de la salle sombre et fétide où elle se trouvait et fit deux pas au-dehors, respirant à pleins poumons l'air que la forêt, de l'autre côté de l'étang, apportait jusqu'à la cabane. Un cri puissant jaillit de sa poitrine :

— Jeanne ! Jeanne de Mortepaille ! *Tuus Focus brevi mihi erit !*

Jeanne avait aidé Clarisse à faire les invitations pour sa soirée d'anniversaire. Elles avaient invité plusieurs enfants de leur classe de CM2, trois amies d'enfance de Clarisse, deux de ses cousins et… Achille.

— Nan mais vous délirez, les filles ! s'énerva Charles quand elles lui en parlèrent le matin même de la fête.

— Écoute, Charles, fit remarquer Jeanne, on ne dit pas que tu as tort, mais on peut essayer de lui laisser une chance, non ?

— Tu ne trouves pas qu'il a changé ? insista Clarisse.

— Pas avec moi, en tout cas, nota Charles. Il me regarde toujours comme si j'étais son ennemi public numéro un.

Jeanne l'avait en effet remarqué. Elle se demanda s'il n'y avait pas un peu de jalousie entre les deux.

— Ben c'est parce que tu doutes de lui, voilà.

— Non, c'est parce que je suis le seul à être lucide et à être persuadé que ça cache quelque chose !

— Mais que ça cache quoi ?

— J'en sais rien. Mais j'aime pas ça. C'est tout. Bon, et pour la boum, de toute façon, je serai là pour le surveiller de près. Il a pas intérêt à faire un pas de travers.

Jeanne l'attrapa par les épaules. Charles, son ami d'enfance, avait toujours été fidèle, et elle comprenait son inquiétude.

— Allez, rassure-toi, je ne suis pas sans défense non plus. Et je te promets d'être vigilante.

— Tu promets ?

— Oui, promis, juré !

— Craché ?

— Euh… non… Quand même pas !

Malgré ce sujet de dispute, ils passèrent un bon moment à faire ensemble les préparatifs de la boum. Comme à son habitude, Charles punaisa des affiches de rockeurs un peu partout dans le salon sous les cris de la mère de Clarisse, qui trouvait que ça abîmait ses murs ; son père mit en place les spots lumineux et la boule à facettes tandis que les gâteaux cuisaient dans le four et répandaient une merveilleuse odeur de chocolat. Les trois amis répartirent les bonbons sur des assiettes.

— Je ne connais pas ces bonbecs-là ! Ils sont nouveaux ? Faut les goûter pour être sûrs qu'ils sont bons.

— Oui, Charles, tu peux goûter. Mais un seul, pouffa Clarisse, prenant elle-même un bonbon en forme de banane.

La journée passa très vite. Charles, après avoir dévoré bien plus de bonbons qu'il n'aurait dû, rentra chez lui pour se changer, et Jeanne, qui restait pour une soirée pyjama après la boum, s'habilla chez son amie.

— Regarde, j'ai acheté ça juste pour ton anniv'. Comment tu trouves ?

Elle avait enfilé un long et large sweat-shirt noir avec un dessin de chat posé sur une étoile devant et portait un caleçon noir à paillettes.

— Ouah ! Jeanne ! Des paillettes ! C'est nouveau ?

— Bah en fait, j'aime bien ça, les paillettes. Trop de paillettes tuent la paillette, mais un peu c'est sympa !

— Trop de paillettes tuent la paillette ! T'es trop, toi !

Et moi, comment tu trouves ?

Clarisse avait mis une très jolie robe rouge, un bandeau rouge assorti dans les cheveux et des ballerines noires.

— J'adore ! T'es la reine de la fête ! Ça va être génial !

Une heure plus tard, elles accueillaient leurs camarades qui arrivèrent presque tous en même temps. Les parents de Clarisse couraient dans tous les sens pour parler avec les parents des enfants invités, pour verser à boire, mettre de la musique, régler les spots… Quand la fête fut bien commencée, ils disparurent au premier étage, laissant les jeunes s'amuser tout seuls, précisant qu'ils reviendraient pour apporter le gâteau avec les bougies.

— Et si on fermait les volets pour mieux profiter de la boule à facettes, proposa Charles.

Il aida Clarisse à tout fermer, et l'ambiance fut exactement ce que tous avaient rêvé. Clarisse avait créé une playlist pour l'occasion, mais, chacun ayant apporté sa clé USB avec sa propre musique, Charles, qui s'était improvisé D.J., jonglait avec tout ça. À un moment, une fille lui demanda de mettre une série de slows.

— Des slows ? Mais ça fait des années-lumière qu'on ne danse plus sur ce genre de musique, enfin ! C'est ramollo, les slows.

Mais comme elle insistait, en lui présentant sa clé où, disait-elle, il y avait les plus beaux morceaux de tous les temps, il obtempéra. Au début, personne n'osa bouger. Puis Achille se leva et vint inviter Jeanne à danser, sous l'œil assassin de Charles, qui n'avait pas réagi assez vite.

— Je n'avais jamais été invité à une boum d'anniversaire, avoua Achille à Jeanne pendant qu'ils dansaient. Je suis vraiment content. Tu sais, je découvre qu'être sympa avec les autres, c'est quand même bien... Ça m'apporte plein de trucs...

— Je suis contente pour toi. Ce qui est dommage, c'est que tu ne t'en sois pas aperçu plus tôt...

— Ouais. T'as raison. Mais bon, on dit toujours « mieux vaut tard que jamais »...

Ils continuèrent à danser en silence. Plusieurs enfants les avaient rejoints. Charles s'était levé et avait invité Clarisse. Comme ça, il était proche de Jeanne et Achille, et pouvait les surveiller plus facilement.

— Charles, détends-toi... Tu danses avec moi ou tu fais de l'espionnage ?

— Les deux.

À un moment, il crut voir quelque chose dans la main d'Achille, mais comme il faisait assez sombre il n'en était pas très sûr.

— On se rapproche d'eux, murmura-t-il à Clarisse.

— Ben pourquoi ?

— Je viens de voir un truc bizarre...

Mais ils eurent beau faire, beaucoup d'enfants étant en train de danser, ils ne parvinrent pas à se rapprocher. Charles ne les voyait que par moments, mais il lui semblait bien qu'Achille passait quelque chose dans le dos de son amie.

— Regarde, Clarisse, on dirait qu'il fait quelque chose dans son dos...

Clarisse essaya de voir à son tour.

— Oui, t'as raison. Enfin... je crois. Va changer de musique ! Vite !

Charles lâcha sa partenaire et fonça mettre une chanson rythmée, un super tube que tout le monde connaissait. Les couples se défirent, et chacun se remit à danser avec entrain. Achille laissa Jeanne, et Clarisse sauta sur son amie.

— J'adore cette chanson, tu viens ?

Achille retourna s'asseoir, et il sembla à la jeune fille qu'il était contrarié. Elle reprit :

— Alors, vous avez parlé de quoi, avec Achille ?

— Ben on n'a pas tellement parlé en fait. Au début, il m'a dit qu'il était content que tu l'aies invité, puis après, ben rien de spécial.

— Et… c'est tout ?

— Clarisse, qu'est-ce qu'il y a ? Pourquoi tu me poses ces questions ? Charles t'a contaminée ou quoi ? Tout va bien ! Achille a été très sympa, il n'a pas essayé de m'égorger ou de me poignarder, non…

— C'est que… En fait, on avait l'impression qu'il… enfin… qu'il passait quelque chose dans ton dos !

— Comment ça ?

— Ben je ne sais pas. Sa main montait et descendait sur ton dos, comme s'il… cherchait quelque chose.

— J'ai rien senti. C'est bizarre ton histoire, t'es sûre de toi ?

— Oui ! Et Charles l'a vu aussi. C'est pour ça qu'il est allé changer de musique.

— Bon ben discrètement, regarde si j'ai rien dans le dos, mais franchement ça m'étonnerait. Je l'aurais senti s'il m'avait mis un truc là.

Jeanne fit un demi-tour, et Clarisse l'observa en essayant d'être le plus naturel possible. Puis elle tapa sur l'épaule de son amie.

— Non, je n'ai rien vu. Si ça se trouve, il voulait te caresser le dos pour te draguer, alors !

Jeanne poussa un grand cri, puis éclata de rire, et Clarisse la suivit.

— N'importe quoi, toi ! C'était sûrement juste sa façon de marquer le rythme de la chanson, et puis c'est tout…

— Ouais, t'as sûrement raison…

À ce moment, la mère de Clarisse, qui venait de redescendre, apporta le gâteau pour que sa fille souffle les bougies.

Clarisse les souffla trois fois, ouvrit ses nombreux cadeaux, les jeunes invités se goinfrèrent de moelleux au chocolat, on ne remit pas de slows, et la boum se termina une heure plus tard dans la joie et la bonne humeur.

Les deux filles aidèrent les parents de Clarisse à ranger un peu tout le bazar.

— Eh bien, qu'est-ce que c'est que ce morceau de pellicule d'appareil photo, par terre ? s'exclama son père. Quelqu'un avait un vieil appareil ?

— Un vieil appareil comme le tien ? Celui où il fallait mettre une pellicule ?

— Oui. Regarde, ça y ressemble…

— Ben non, j'avais des copains qui faisaient des photos avec leur portable, mais personne n'avait d'appareil photo comme toi, répondit Clarisse en bâillant.

— C'est bizarre, ça… continua son papa en posant machinalement la pellicule sur un meuble tandis que sa femme balayait en soufflant :

— Ouais ! Ben il est surtout l'heure d'aller se coucher ! Bonne nuit, les filles ! Nous, on ne va pas tarder non plus.

Quand les deux amies se mirent au lit, contentes de leur super soirée, elles papotèrent à peine, contrairement à leurs habitudes, et s'endormirent en un rien de temps d'un sommeil de plomb.

Onze jours étaient passés, et Jeanne avait hâte de voir ce que les Astrandes étaient devenus. Ils devaient maintenant avoir les cheveux châtains et les yeux gris, comme elle. Rébellion n'était pas là, et Jeanne décida d'aller seule au Laboratoire.

Quand elle arriva, le paisible silence habituel était remplacé par des caquetages incessants. Jeanne ressentit des ondes négatives dans l'air, une tension exceptionnelle : quelque chose n'allait pas.

— Ohé ! Élie, Sasha, Swann ! Où êtes-vous ?

Les bavardages reprirent de plus belle, et deux des Astrandes apparurent soudain devant la jeune sorcière. Ils avaient effectivement les cheveux de la même couleur que Jeanne et de grands yeux gris clair. Pour le reste, ils étaient exactement pareils qu'avant, habillés et chaussés de la même façon. Pourtant, autre chose avait changé : ils n'étaient pas du tout aussi joyeux que d'habitude, et faisaient même une drôle de grimace.

— Que se passe-t-il ? Et où est le troisième ?

— Swann... Swann... balbutia celui qui devait être Élie.

— Swann... Swann... répéta Sasha.

— Quoi, Swann ? Où est-il ?

Élie tomba soudain par terre, en pleurant, tandis que

Sasha essaya de garder son calme et expliqua :

— La greffe. Elle a pas marché sur Swann.

— Quoi ? Mais ce n'est pas possible ! Qu'est-ce que… Qu'est-ce que ça veut dire ?

Élie se releva.

— Que la greffe, elle a pas marché sur Swann.

S'ils n'avaient pas eu l'air aussi perturbés, Jeanne aurait ri. Visiblement, ce n'était pas le moment. Quelque chose s'était passé, et elle ne comprenait pas.

— Expliquez-moi ! Et d'abord, où est Swann ?

— Swann est resté dans le mur. Trop vilain.

— Comment ça, trop vilain ? Mais expliquez-vous ! Je ne comprends rien.

— Swann a eu la greffe, comme nous. Mais la greffe s'est mal passée, et Swann ne s'est pas métamorphosé en Astrande-Jeanne. Pendant les onze jours, le mal est parti de la greffe et s'est répandu dans tout Swann. Swann est devenu un Neutrande…

— Un Neutrande ? Qu'est-ce que c'est que ça ?

— Le Neutrande, c'est très rare. C'est quand l'Astrande n'accepte pas la greffe.

— Le Neutrande, c'est tout le contraire de l'Astrande. C'est le triste, le vilain…

— Le méchant, l'affreux…

— C'est le mon-on-on-onstre !

Les deux Astrandes se jetèrent à nouveau au sol en pleurant. Jeanne n'en revenait pas. Quelles pouvaient bien être les conséquences de cette nouvelle situation ?

Elle se souvint soudain qu'elle n'avait pas terminé de lire son livre sur les Astrandes, et qu'elle l'avait laissé dans sa chambre. Il fallait qu'elle aille le chercher, elle y trouverait sûrement des explications plus complètes.

À l'instant où Jeanne allait repartir, Rébellion entra dans le Laboratoire. Jeanne la mit tout de suite au courant de la situation.

— J'allais partir chercher mon livre dans ma chambre, lui expliqua-t-elle, alors que Rébellion lui disait qu'elle n'avait jamais entendu parler de Neutrandes.

— Écoute ! Toi, tu retournes dans la maison chercher ton livre, parce qu'en plus ta mère te cherche. Moi, je préviens les Maîtres de ce qu'il s'est passé. Essaie de trouver une solution pour revenir le plus vite possible.

Jeanne avait complètement oublié qu'elle devait aller faire des courses et sortit en courant.

— Ne t'inquiète pas, je m'occupe de tout, lui lança la siamoise. Mais reviens vite !

Jeanne retrouva sa mère, qui l'attendait devant sa voiture.

— Ben tu étais où, Jeanne ? Ça fait dix minutes que je t'appelle. Je trouve que tu es de plus en plus longue à me répondre, ces derniers temps.

La jeune fille sentit ses joues rougir. Sa mère se doutait-elle de quelque chose ?

— Ah ? Tu trouves ? Ben non, rien de spécial… Je jouais derrière la maison. Mais maman, je… j'ai mal à la tête. Ça t'embête d'y aller toute seule ?

Agnès regarda sa fille attentivement.

— Comment ça se fait que tu as mal à la tête, ma chérie ?

— Je ne sais pas. J'ai dû faire trop d'écrans peut-être…

— Ah ça, je te le dis à chaque fois : les écrans, c'est la plaie ! Bon, va te reposer dans ta chambre, mets-toi un sachet de gel froid sur le front, ça te fera du bien. Mais plus d'écran, Jeanne, compris ?

Jeanne fit mine d'être terrassée par l'ordre de sa mère et entra dans la maison d'un pas lourd. Trois minutes plus tard, alors qu'Agnès Rossignol avait enfin démarré, la jeune fille ressortit en courant avec son livre sur les Astrandes dans les mains et dévala à toute vitesse les escaliers de la cave menant au Laboratoire.

Elle y retrouva Fin-Galad, Nennvial, Saragan, Pétronille, Azalée et Rébellion. Elles faisaient face aux deux Astrandes, qui n'arrivaient pas à se calmer et passaient leur temps à se jeter par terre dès qu'une crise de larmes les prenait.

— Ce que j'aimerais, c'est que vous m'expliquiez en détail ce que vous avez vu, demanda Fin-Galad d'une voix posée.

Les deux Astrandes partirent à nouveau dans des explications confuses où personne ne comprenait rien.

— Mais vous n'avez pas vu ce qu'il s'est passé, alors ? s'inquiéta Nennvial.

— Non. On s'est endormi, après le rituel.

— Comme d'habitude.

— Puis, quand on s'est réveillés…

— … on a vu que Swann était devenu un Neutrande.

— C'est ce qu'ils m'ont dit tout à l'heure, mais je n'ai pas pu en savoir plus de leur part sur cette histoire de Neutrande.

— Mais c'est quoi, un Neutrande ? demanda Saragan.

— Un Neutrande, c'est un non-Astrande, fit Élie, qui se remit à pleurer.

Rébellion fit un signe à Jeanne.

— Montre-nous ton livre, s'il te plaît. Il doit y avoir quelques infos dedans qui nous permettront de comprendre.

Jeanne ouvrit son livre et chercha rapidement dans le sommaire. Après avoir feuilleté quelques pages, elle trouva ce qui l'intéressait et le lut à voix haute :

— Il nous a été rapporté UN cas de métamorphose manquée. Pour des raisons inconnues, la greffe n'a pas pris, et l'Astrande s'est transformé en l'exact opposé de ce qu'il est d'habitude : un Neutrande. Le Neutrande ne rit jamais, déteste les blagues, n'a aucun sens de l'humour, est vicieux et méchant. Si l'on s'en réfère aux informations recueillies lors de cette métamorphose ratée, les répercussions sur le Laboratoire de l'apprenti ont été dramatiques. En effet, alors que l'Astrande protège l'enceinte du Laboratoire, le Neutrande, lui, semble ouvrir des brèches dans les protections des apprentis et de leur Laboratoire. Un seul cas ayant été rapporté et étudié, nous n'en savons pas plus sur le sujet. Heureusement que nous n'avons eu qu'à déplorer un seul cas, unique dans toute l'histoire de la sorcellerie.

— Oui, ça me revient, j'en avais déjà entendu parler, avoua Fin-Galad, mais je pensais que c'était une légende. Jamais je n'ai eu affaire à des problèmes avec les Astrandes avant… ça.

Pétronille s'empara du livre et le regarda de plus près.

— Et moi non plus, malgré mes cent treize ans. Nom d'un bigoudi ! C'est quoi, encore, cette nouveauté ?

— Il faudrait que le Neutrande sorte pour qu'on puisse le voir, proposa Azalée. Jeanne, tu crois que tu pourrais l'appeler ?

— Je ne sais pas trop comment faire… Mais peut-être que les Astrandes seraient plus persuasifs que moi ?

— Oooh nonnn. J'ai peur, moiiii.

— Pareillll… J'ai peur aussi.

Jeanne se planta alors devant un mur et appela d'une petite voix :

— Astr… euh… Neutrande, Neutrande, tu es là ? Swann, c'est moi, Jeanne… Tu veux venir me voir ?

Jeanne tremblait. Elle ne savait pas ce qui allait apparaître ni quel monstre était devenu Swann. C'était d'autant moins rassurant qu'Élie et Sasha se tenaient cachés derrière elle, tremblant également de tous leurs membres. Jeanne recommença :

— Allez, Swann. Tu me connais ! C'est moi qui t'ai donné mon petit brin de cheveux, tu te rappelles ? Nous sommes liés, tous les deux, et je suis ton am…

Elle n'eut pas le temps de finir sa phrase que les murs se mirent à vibrer et la pièce s'emplit d'une lumière blafarde. Élie et Sasha détalèrent sous le bureau en poussant des cris aigus. Les Maîtres se rapprochèrent de Jeanne pour l'entourer.

Devant eux surgit soudain une créature hideuse à la peau grisâtre parsemée de vilains boutons, aux cheveux également gris en pétard, aux dents pointues qui sortaient de sa bouche gercée et aux yeux à demi fermés qui avaient un éclat d'une étrange couleur.

— Ah non ! Je ne suis pas ton ami, Jeanne de Mortepaille !

Il reprit plus fort, ouvrant une bouche immense d'où s'échappait une haleine fétide :

— JE NE SUIS PAS TON A-MI !

Il avança vers la jeune sorcière, tendit un doigt accusateur qui ressemblait d'ailleurs plus à une griffe et continua :

— Tout ça est de ta faute ! De ta faute, tu m'entends ? Tu vas payer !

Fin-Galad s'interposa de toute sa haute taille entre lui et Jeanne.

— Rien n'est de la faute de Jeanne, prononça-t-elle d'une voix puissante. Neutrande, je t'ordonne de disparaître de notre vue et de ne plus mettre les pieds dans ce Laboratoire.

— Tu n'as pas à m'ordonner, je suis ici chez moi. C'est moi qui soude entre elles chaque brique de ces murs pour la sécurité des apprentis. Et je peux t'assurer que, sans ça, terminé, le Laboratoire-refuge… Ta tanière a du plomb dans l'aile, ma belle !

Le Neutrande tourna soudain sur lui-même, provoquant un tourbillon qui s'élargit de plus en plus, faisant au passage voler tous les objets de la pièce. Jeanne fut projetée au sol tandis que plusieurs tourbillons naissaient spontanément, se propageant dans tout le Laboratoire. Luttant contre la force de ce souffle puissant, les Maîtres se rapprochèrent les uns des autres avec difficulté, s'accrochèrent par le bras droit et levèrent leur main gauche, celle où se trouvait leur anneau de sorcière. Un éclair surgit soudain de leurs mains jointes, et, en quelques secondes, le Neutrande et ses tourbillons disparurent de la pièce, laissant un bazar indescriptible d'objets qui jonchaient le sol du Laboratoire.

Élie et Sasha lâchèrent le pied de l'énorme bureau où ils s'étaient amarrés quelques instants plus tôt et se plantèrent devant les Maîtres :

— Et Swann ? Pulvérisé ?

— Désagrégé ?

— Vaporisé ?

— Moulu ?

— Non, seulement repoussé, admit Fin-Galad. Il est juste retourné dans le mur. Nous ne devons pas le faire disparaître, il faut en savoir plus sur lui. Sur la raison de sa métamorphose en Neutrande. Sur ses intentions. Et…

— … sur ce qui se cache derrière tout ça, compléta Saragan.

Un grand silence envahit la pièce. Jeanne regardait, désespérée, toutes les fioles, boîtes et coffrets éparpillés par terre. Des larmes roulèrent sur ses joues.

— Jeanne, pas pleurer

— Pas pleurer, Jeanne.

Les deux Astrandes se mirent à pleurer à leur tour.

— Élie pleure. Ouin.

— Sasha pleure. Snif.

Jeanne, du coup, eut envie de rire en voyant les deux Astrandes tenter de l'imiter. Leurs yeux ressemblaient étonnamment aux siens, et c'en était perturbant et drôle à la fois, au milieu de leur visage aux joues rebondies et au nez en trompette. Derrière elle, Jeanne entendit renifler. Elle n'eut pas besoin de se retourner pour savoir que Pétronille pleurait aussi.

— Nom d'un bigoudi ! fit le Petit-Maître, confirmant l'intuition de la jeune sorcière. Mais c'était quoi, ce maelström ?

— Non ! Pas Maelström, mais Swann !

— Oui, Swann ! Pas Maelström !

— Non, les Astrandes, précisa Nennvial, maelström, ça veut dire tourbillon.

— Aaahhh !

— Aaahhh !

— Alors oui, colossal maelström !

— Hippopotamesque maelström !

— Cyclopéen maelström !

— Éléphantesque maelström !

— Oui, bon, bon ! On a compris, les coupa Azalée. Maintenant, avant toute autre chose, il faut ranger ce…

— …maelström ? sourit Jeanne au milieu de ses larmes.

Saragan la prit dans ses bras et la serra contre elle.

— Allez, tout problème a sa solution. Promis, on va trouver. Nous sommes là pour ça…

Élie et Sasha s'accrochèrent à la jambe de Jeanne, une larmichette au coin de l'œil, et posèrent leur tête contre elle en renchérissant :

— Promis.

— Promis.

Tout en rangeant le Laboratoire avec les autres, Pétronille réfléchissait tout haut.

— Donc, si je comprends bien, un Astrande dont la greffe ne prend pas devient un Neutrande, qui est l'exact opposé d'un Astrande. Comme les uns sont supposés préserver la sécurité du Laboratoire, les autres, eux, la fragilisent.

Jeanne se redressa, des fioles plein les bras.

— Mais j'y pense, si c'est la greffe qui n'a pas prise, pourquoi seulement sur Swann ? Pourquoi Élie et Sasha n'ont pas été neutrandés ?

— Neutrandés, hihihi !

— Hihihi ! Neutrandés !

— Jeanne a raison, pourquoi pas nous ?

— Pourquoi pas nous, comme dit Jeanne ?

— Ces Astrandes ne sont pas des débutants, fit remarquer Saragan. C'étaient déjà eux du temps de ton aïeule, Jeanne, et de la précédente…

— Et de la précédente…

— Et de la précédente…

— Oui, ils sont Astrandes de génération en génération.

— Nous avons connu la longue lignée de Jeanne…

— Et jamais aucun de nous n'a été… neutrandé. Même pas Swann.

Fin-Galad s'assit sur le rebord du bureau en prenant son menton dans sa main.

— C'est ça qui est étrange. Pourquoi est-ce seulement avec Jeanne que cela se produit ? Pourquoi un seul d'entre eux ? Qui cherche à fragiliser ce Laboratoire ?

— J'ai bien une idée, fit Pétronille en se grattant le nez avec un crayon trouvé par terre.

— Comme nous toutes, confirma Azalée en la poussant du coude.

Fin-Galad approuva d'un signe de tête et regarda Saragan, qui avait levé le bras comme si elle demandait la parole.

— Dans un premier temps, il faudrait comprendre d'où vient cette espèce de… d'infection. Je propose qu'on attrape Swann, et qu'on lui ôte le cheveu greffé.

Les deux Astrandes firent un bond en ouvrant des yeux tout ronds.

— Ouh làààà !

— Aïe ! Aïe !

— Peur !

— Frousse !

— Oui, et il ne va pas falloir tarder pour le faire, fit Nennvial.

— Je propose même immédiatement, risqua Fin-Galad en regardant la réaction des autres.

— Tout…

— … de…

— … suite ?

— Oui, les Astrandes, tout de suite. Nous n'avons pas de temps à perdre.

Nennvial et Saragan approuvèrent. Pétronille et Azalée

regardèrent leurs pieds comme si elles ne voulaient pas prendre de décision. Élie et Sasha se mirent à trembler des cheveux aux orteils en chouinant. Quant à Jeanne, elle ne dit rien non plus, mais elle n'en menait pas large. C'est elle qui rompit le silence :

— Est-ce que je pourrais avoir une... une petite récréation ? J'ai les jambes en Chamallow, je n'ai plus les idées claires, j'ai eu tellement peur. Ce Neutrande est... affreux, et surtout, là, dans mon Laboratoire... Je... Je...

— Oui, c'est une pénible intrusion, avoua Azalée.

— Moi je propose qu'on la laisse un peu souffler, cette petite, nom d'un bigoudi ! De toute façon, c'est moi qui opère, ici. Donc vous avez besoin de moi pour lui inciser le poignet, à l'affreux. Et moi, je décide d'attendre un peu que tout le monde soit remis de ses émotions pour recommencer à affronter le... machin... le chose... Monstro, quoi !

Jeanne regarda Pétronille, les yeux pleins de reconnaissance.

— Bon, c'est d'accord, convint Fin-Galad. Mais on n'attend pas cent sept ans non plus.

— Qui parle d'attendre cent sept ans ? s'énerva Pétronille. Quelques heures, et ça ira, hein ? Je vais tranquillement aller chercher le matériel pour l'opération du bidule.

— Et nous aussi...

— Oui ! Aussi, nous...

— Quoi, *vous aussi* ? fit Azalée, qui soudain se tapa le front et ajouta : Mais oui, les Astrandes ! Et si vous alliez discrètement voir ce qu'il se passe dans le mur ?

— Non, on voulait dire...

— ... qu'on doit se reposer.

— Eh bien reposez-vous dans votre mur, en gardant un œil ouvert sur le truc, nom d'un bigoudi, et en tâchant de récolter quelques informations sur lui.

Élie et Sasha prirent un air terriblement contrarié. Fin-Galad s'approcha d'eux et leur posa la main sur l'épaule.

— Mais c'est une excellente idée, mes amis. Vous allez être nos espions et jouer un rôle fondamental dans cette enquête. Je vous en suis très reconnaissante d'avance.

— Ah ?

— Ah ?

— Bon…

— D'accord…

— Mais on a…

— … peur quand même !

— Alors vous en êtes d'autant plus courageux. Merci, vous êtes formidables.

Fin-Galad savait comment prendre ces petits Astrandes. Ils lui firent un sourire léger, même si leurs yeux montraient que l'émotion principale qui les occupait pour l'instant n'était pas la joie, mais plutôt la panique.

— Et si nous allions faire une petite séance de balle-aux-étoiles, proposa Rébellion à Jeanne en se frottant contre ses jambes.

— Ah oui, c'est chouette, je veux bien, Rébellion.

— Eh ben en voilà une bonne idée, nom d'un bigoudi ! Et moi, je m'en vais préparer mon fourbi. Azalée ! Tu viens m'aider ?

C'était la première fois que Jeanne voyait Pétronille tenir tête aux Grands-Maîtres de la sorte. Mais elle devinait bien qu'elles-mêmes hésitaient sur la démarche à suivre. Elles étaient partagées entre régler le problème tout de suite et laisser Jeanne souffler un peu. Elles n'avaient pas été difficiles à convaincre.

Saragan prit les bras de Fin-Galad et de Nennvial et leur murmura quelque chose à l'oreille.

— Bon, fit-elle après que Fin-Galad eut approuvé d'un mouvement de tête. Nous allons nous préparer et nous reviendrons dans deux heures. Ça te va, Jeanne ? En attendant, c'est Rébellion qui s'occupe de toi.

— Oui, tout ira bien, ne vous inquiétez pas.

Puis, se tournant vers la jeune sorcière :

— Jeanne, je te propose qu'on retourne là-haut. On laisse le Laboratoire comme ça, il est rangé, et puis Élie et Sasha vont faire le guet

— Le guet...

— Le guet pas gai.

— Le guet pas gai qui guette.

— Le guet pas gai qui guette le gars qui veut la guerre.

Jeanne sourit et se détendit. Elle suivit Rébellion, et toutes deux quittèrent le Laboratoire pour aller se reposer à l'air libre.

Agnès Rossignol venait de rentrer des courses.

— Je vais t'aider à ranger, maman, fit Jeanne, contente de s'occuper de toute autre chose.

— Merci, ma chérie. Tiens, je t'ai acheté des pains au chocolat.

— Ouah ! Chouette ! Mais tu en as pris beaucoup, dis donc !

— Ben ouais, en fait... Comment dire... En ce moment, tu sais, je m'ennuie de ton père. Alors je me venge un peu sur la nourriture. Et ces pains au chocolat sont tellement bons.

Jeanne sourit. Elle avait bien remarqué que sa mère était moins joyeuse, ces derniers temps.

— Ben à moi aussi il me manque. Mais on a quand même l'habitude qu'il ne soit pas là, non ?

— Oui, tu as raison, mais cette fois-ci il est absent pour une longue période. C'est un peu dur.

Jeanne prit sa mère par les épaules et posa sa tête contre elle. Assaillie par l'idée que sa propre mère n'était pas au courant de tout ce qu'elle vivait, elle eut soudain envie de pleurer.

— Heureusement que tu es là, ma chérie, fit Agnès d'une voix émue. Et puis, il y avait longtemps que tu n'avais pas fait un câlin à ta p'tite maman, hein ? Allez, on se le mange, ce pain au chocolat ?

Elles trinquèrent avec leur gâteau en riant, et Jeanne se détendit. Elle ne comprenait pas pourquoi elle n'avait pas le droit de révéler à ses parents ce qu'elle était, puisqu'elle était leur fille avant tout, et se dit qu'un jour elle étudierait la question pour, peut-être, pouvoir leur parler.

Quand elles eurent rangé les courses en papotant, Agnès se remit à son travail – depuis que le père de Jeanne était parti en mission aux États-Unis, elle apportait plus souvent des dossiers à la maison afin de ne pas trop laisser sa fille toute seule – et Jeanne put aller dans sa chambre avec Rébellion. La séance de balle-aux-étoiles fut parfaite. Le Maître-Chat fit durer le plaisir plus longtemps que d'habitude car la jeune sorcière était particulièrement tendue.

Puis, après s'être assurées qu'Agnès était bien concentrée sur son dossier, elles redescendirent au Laboratoire. Les Grands-Maîtres s'y trouvaient déjà, avec Pétronille et Azalée qui finissaient de transformer le grand bureau de bois en table d'opération.

— Les Astrandes ne sont pas là ? demanda Jeanne, qui commençait à avoir le cœur qui battait un peu fort malgré sa séance de relaxation.

— Non, ils ne sont pas revenus, expliqua Nennvial. Ils sont entrés dans leur mur un peu avant que nous quittions le Laboratoire, et depuis plus de nouvelles.

— Il faut les faire revenir, alors.

— S'ils n'apparaissent pas de leur plein gré, il faut que tu le fasses. Il n'y a que toi qui peux les appeler, d'ailleurs.

Jeanne le savait et s'exécuta.

— Élie, Sasha ! Mes gentils Astrandes…

Un long silence s'ensuivit. Jeanne eut soudain un terrible pressentiment.

— Et si eux aussi s'étaient transformés en Neutrandes.

Fin-Galad se figea. Elle avait pensé à tout sauf à ça. Les Maîtres se regardèrent avec effroi. Jeanne recommença à appeler d'une toute petite voix :

— Élie… Sasha… Vous venez ? Pitié… Dites-moi que vous ne vous êtes pas transformés en Neutrandes, vous aussi…

Mais elle eut beau appeler, ils n'apparurent pas. Il commençait à se faire tard, et, devant la mine désespérée de Jeanne, Fin-Galad prit la décision de reporter l'opération au lendemain.

Jeanne accueillit la nouvelle avec soulagement car elle était à nouveau sous tension, comme si les changements que le Neutrande pouvait provoquer dans les murs de son Laboratoire l'affectaient personnellement aussi. Rébellion, qui l'avait senti, avec son fabuleux instinct de chat, se mit à ronronner, passant et repassant entre les jambes de sa jeune amie. Pétronille et Azalée remballèrent leur matériel chirurgical. Nennvial et Saragan prirent chacune à leur tour Jeanne dans leurs bras et la serrèrent bien fort. Fin-Galad, du haut de sa grande taille, avec la pudeur qui la caractérisait, pencha légèrement la tête, ouvrit la bouche comme si elle allait dire quelque chose, puis la referma. Elle adressa à Jeanne un clin d'œil avant de repartir vers le Hameau avec ses quatre compagnes.

Jeanne et Rébellion firent une dernière fois le tour du Laboratoire pour s'assurer que tout allait bien - enfin, pas plus mal - ou peut-être dans l'espoir qu'Élie et Sasha allaient apparaître, mais rien ne se passa, et elles quittèrent l'endroit le cœur lourd.

— Je vais passer la soirée avec maman, fit Jeanne à Rébellion. Je crois qu'elle et moi on a besoin l'une de l'autre.

— C'est une excellente idée, fillette. Ça vous fera du bien. Vide-toi la tête. Je suis sûre qu'on va trouver des solutions.

— C'est ce que m'a dit Saragan. Je veux y croire.

— Tu as raison. Et puis tu as affronté d'autres choses bien pires, non ?

— Oui, oui, mais, je ne sais pas pourquoi, le fait que mon Laboratoire soit fragilisé, j'ai la sensation que... Je ne sais pas...

— Que ça te fragilise aussi ?

— Voilà ! Exactement !

— Tu as des Maîtres puissants et qui tiennent à toi. Fais-nous confiance ! Et, en attendant, file voir ta mère et détends-toi.

— Enfin... Enfin... Une brèche s'ouvre ! Bientôt, je n'aurai plus besoin du miroir pour espionner Jeanne dans son Laboratoire. Je pourrai y pénétrer moi-même ! Comme lors de la Nuit des Sorcières ! Reste à trouver comment le faire sous une autre forme que ma forme de rat...

— Mais, Maître, tous les Astrandes auraient dû être affectés. Pourquoi un seul ?

— Je ne sais pas encore. C'est peut-être une question de temps. De toute façon, un Neutrande peut à lui seul ouvrir de larges brèches dans la sécurité du Laboratoire. Et puis, il faut continuer à donner le poison à Jeanne. Elle est liée à son Laboratoire, et tous les deux vont s'affaiblir progressivement.

La deuxième silhouette, plus petite que la première, se courba en avant en un geste servile.

— Vous pouvez compter sur moi, Maître. Ce sera fait...

Le lendemain matin – c'était mercredi, et Jeanne n'avait pas école – Grands-Maîtres et Petits-Maîtres avaient donné rendez-vous à Jeanne et, Rébellion à neuf heures dans le Laboratoire.

Le soulagement de Jeanne fut immense quand elle y découvrit Élie et Sasha, qui avaient toujours leur forme d'Astrandes.

— Mais où étiez-vous donc passés ? s'énerva-t-elle.

Les deux Astrandes se prirent la tête dans leurs mains et la firent rouler de droite à gauche en bougeant leurs yeux dans tous les sens.

— Le mur du Laboratoire commence à être poreux…

— Alors on a essayé de colmater !

— Mais ça prend du temps !

— Et nous voulons faire les choses correctement !

Tandis que Pétronille et Azalée installaient à nouveau de quoi faire l'opération du Neutrande sur le large bureau, Saragan demanda :

— Vous pouvez colmater ? Mais comment ça ?

— Par nos rires, pardi !

— En riant, voyons !

Les Maîtres et Jeanne n'en revenaient pas. Pétronille revint vers eux et posa ses poings sur ses hanches.

— Mais alors, s'il suffit de rire pour protéger le Laboratoire, je pourrais très bien le faire, moi aussi.

— Non ! Car toi…

— … tu n'es pas…
— … une Astrande !
— Notre rire…
— … est magique !
— Il nous est donné…
— … par les étoiles.
— Donc, si je comprends bien, dit Fin-Galad avec une lueur d'espoir dans les yeux, vous avez la possibilité de contrer les pouvoirs du Neutrande !
— Hélas…
— … non…
— Le Neutrande peut repasser…
— … derrière nous…
— … et, en plus, colmater, ça nous a pris beaucoup d'énergie…
— … alors on a beaucoup dormi…
Jeanne comprit pourquoi ils n'avaient pas répondu à ses appels la veille au soir. Nennvial continua :
— Et là, que fait-il, Swann ?
— Là ? Il dort !
— Comme un bébé…
— … à poings fermés…
— Ron pich…
— Ron pich…
— Il a fait quelque chose qui l'a fatigué ? s'inquiéta Pétronille.
— Ben oui, le maelström…
— Hihi ! Le maelström, oui…
Fin-Galad fit signe à tout le monde de s'approcher et expliqua le plan. Jeanne devait appeler Swann, et, quand il apparaîtrait, Nennvial et Saragan devaient lui lancer un filet magique qui l'immobiliserait. Puis on le porterait sur

la table d'opération où Pétronille lui inciserait le poignet pour récupérer le cheveu de Jeanne.

— C'est simple comme bonjour, déclara Pétronille tout en distribuant des masques chirurgicaux à tout le monde, et même un spécial pour Rébellion.

— Vous êtes sûres que ça va marcher ? s'inquiéta Azalée.

— On n'est sûres de rien. Mais je ne vois pas d'autres solutions. À moins que vous ayez une meilleure idée ?

Personne ne se manifesta. Tous les regards se tournèrent vers Jeanne. C'était à elle de commencer.

— Mais l'autre fois, je l'ai appelé, et il n'est même pas venu !

— J'ai remarqué, précisa Fin-Galad, que le mot *ami* a l'air de le mettre en rage. Utilise ce mot pour l'appeler.

— D'accord. Bon ben allons-y, fit-elle timidement. Je vais le faire. Tout le monde est prêt ?

Comme chacune approuva, la jeune sorcière se lança :

— Swann ! Swann ! Viens ! Allez ! Malgré ton apparence, je suis fière d'être ton am...

Elle n'eut pas le temps de terminer que le Neutrande apparut. En un clin d'œil, Nennvial et Saragan lui lancèrent le filet en scandant une formule magique. Le filet se resserra d'un coup, saucissonnant le pauvre Swann. Les Astrandes se mirent à hurler :

— Empêchez-le de râler !

— Empêchez-le de pester !

— Sa colère lui donne son pouvoir...

— ... comme nous notre joie...

— *Silentium* ! rugit soudain Fin-Galad à l'intention du Neutrande.

D'un coup, sa bouche se ferma et, à part marmonner, il ne put rien faire.

Saragan et Nennvial le portèrent sur la table d'opération et le sanglèrent solidement. Jeanne avait pitié du pauvre Swann qui se tortillait et gémissait, mais c'était la condition indispensable pour l'opérer en toute sécurité.

— Piqûre, Azalée, grogna Pétronille, qui ne semblait pas très à son aise.

— Pourquoi une piqûre ? demanda Jeanne.

— On va lui administrer un calmant, nom d'un bigoudi ! Et maintenant, taisez-vous et laissez-nous faire.

De sa main gantée, elle attrapa le poignet de Swann et fit une grimace de dégoût. Là où le brin de cheveu de Jeanne était greffé, la peau était rouge, chaude et tendue, comme si c'était infecté. Elle incisa l'endroit tandis qu'Azalée tamponnait avec un désinfectant. Puis, avec une pince, elle retira le brin de cheveu, qui sortit avec difficulté, et le déposa dans un tube transparent. Pétronille fit signe à Saragan, qui s'avança à son tour avec une longue seringue et plusieurs petits flacons. Rébellion, qui était montée sur l'épaule de Jeanne, lui souffla à l'oreille :

— Elle va essayer d'analyser son sang. C'est quelque chose qui ne s'est jamais fait, mais nous devons tout tenter.

Jeanne regardait Swann tristement. Elle avait un instant espéré qu'une fois le brin de cheveu retiré il allait récupérer son apparence d'origine. Mais non. Swann restait irrémédiablement un Neutrande. Un Neutrande à la force incroyable car, à peine Saragan avait-elle terminé sa prise de sang, que les sangles et les mailles du filet volèrent en éclat.

En quelques secondes, Swann disparut dans les murs du Laboratoire.

Au même instant, Jeanne tomba lourdement au sol, sans connaissance.

— Jeanne ! Jeanne ! Réveille-toi, fillette…

Elle ouvrit les yeux et vit au-dessus d'elle les visages anxieux de Fin-Galad, Saragan, Nennvial, Pétronille et Azalée. Rébellion s'était couchée sur son ventre et ronronnait très fort.

— Comment te sens-tu, fillette ?

— Je… Je ne sais pas. Qu'est-ce qu'il s'est passé ?

Pétronille s'accroupit et lui attrapa la main.

— Tu es tombée dans les pommes, tout simplement. Tu n'as sûrement pas supporté de voir l'opération, ça arrive souvent. Ne t'inquiète pas, tout va bien aller.

Mais les visages que Jeanne voyait devant elle ne semblaient pas dire la même chose : les Maîtres étaient inquiets, elle en était sûre.

Saragan l'aida à se remettre debout, et Nennvial lui donna une potion vert pomme à boire.

— Un remède de ma composition qui va te requinquer. Bois ça d'un trait.

Jeanne se sentit soudain mieux et sourit à tout le monde, quand la disparition de Swann lui revint en tête.

— Où est Swann ?

Fin-Galad prit un air qu'elle voulait rassurant.

— Essaie de penser à autre chose. Swann est reparti dans le mur. Mais nous avons tous les éléments pour analyser le problème et le régler. Toi, maintenant, tu vas remonter chez toi et te reposer. D'accord ?

— Oui, mais vous me tiendrez au courant, hein ? Je veux tout savoir.

— On sait, et je te promets que je viendrai en personne te dire les résultats de nos recherches.

Les jambes chancelantes, ressentant une immense lassitude, Jeanne remonta chez elle, suivie de Rébellion, qui la suivait de près.

La Classe-Mars

En haut (de gauche à droite) : Victoria, Albine et *Nu*, Manel, Rabah, Jules et *Mouchette*. **En bas (de gauche à droite) :** Arthur et *Lutine*, Elias, Jeanne et *Rébellion*, Brune et *Fanchette*, Farah, Céleste.

CHAPITRE 3

Le poison

L'équipe de la Classe-Mars était au complet : Jeanne, Brune, Farah, Manel, Albine, Arthur, Elias, Céleste, Jules, Rabah et Victoria étaient tournés vers l'écran géant qui tapissait un des murs, assis sur leurs chaises de classe qui s'étaient pour l'occasion transformées en confortables fauteuils tendus d'un tissu de velours rouge.

— On se croirait au cinoche, murmura Elias.

— Ben c'est comme si on y était, idiot, puisqu'on va voir un film, lui répondit Céleste en levant les yeux au ciel.

— Sauf que y a pas les pop-corn, regretta Elias en donnant une grande tape dans le dos d'Arthur, qui ricana bêtement.

— Taisez-vous, intervint Brune, ça va commencer.

Comme les rideaux étaient tirés et que la classe se trouvait dans le noir, Jeanne luttait pour ne pas s'endormir. Depuis quelques jours, elle se sentait très fatiguée : elle avait du mal à se lever le matin, avait de longues crises de bâillements en classe où il lui arrivait de somnoler, rentrait chez elle juste après l'école en se traînant, avait du mal à se concentrer sur ses leçons, allait moins souvent se promener avec ses amis et avait même refusé d'aller à sa dernière leçon d'équitation. Sa mère lui avait proposé de faire une cure de vitamines, mais cela n'avait pas l'air de faire tellement d'effet. Par moments ça allait, mais la plupart du temps elle n'avait pas d'énergie, et ça commençait à l'inquiéter.

Elle croqua quelques baies de goji pleines de vitamine C que sa mère lui avait données et se concentra pour écouter Nyx, qui prit la parole de sa voix autoritaire :

— Avant d'entamer votre formation, nous souhaitions vous faire découvrir qui sont les passeurs de savoirs, mais également le rôle que peuvent jouer les animaux dans le monde de la sorcellerie. Comme vous allez le constater, notre rôle est primordial à plusieurs points de vue.

Phoebe continua, et sa voix mélodieuse trancha encore plus après celle de Nyx.

— On vous propose de regarder le film et on en reparle après.

Chacun se cala dans son fauteuil, et la séance commença.

Le film avait pour thème principal les passeurs de savoirs. On appelait *passeurs de savoirs* tous les sorciers qui transmettaient les connaissances des étoiles aux jeunes élèves. Tout comme chez les Maîtres, il y en avait plusieurs catégories. Tout d'abord les corbeaux, qui semblaient être les plus investis dans la formation des jeunes. En effet, dans chaque classe, de la Classe-Janvier à la Classe-Décembre, trois corbeaux dirigeaient, organisaient, enseignaient. Bref, dans la Classe-Mars, toute l'organisation reposait sur les ailes de Nyx, Phoebe et Iris.

La première partie du film était donc un documentaire sur les corbeaux.

Jeanne ne s'était jamais posé de questions sur ces grands oiseaux que l'on voyait souvent dans les champs. Pour elle – comme pour ses camarades –, ils avaient été jusqu'à présent des bêtes noires un peu effrayantes, ou l'idiot de la fable de La Fontaine. Les jeunes découvraient là que les corbeaux étaient bien plus que ça.

Le grand corbeau est un oiseau qui peut atteindre un mètre d'envergure. Il fascine autant qu'il effraie, et a longtemps été chassé et décimé par l'homme. Pourtant, c'est un animal sensible et intelligent : certains sont capables de résoudre des puzzles compliqués, d'utiliser des outils, comme des branches ou des pierres, de faire des jouets, de communiquer entre eux par des gestes complexes, comme pointer du bec ou incliner la tête, d'imiter les voix humaines, animales ou des bruits de machines. Il a une grande mémoire (il est capable de se souvenir d'un autre corbeau plusieurs années après) et est capable de consoler ses congénères.

Malheureusement, dans certaines civilisations, l'homme en a fait un mauvais présage, une incarnation des âmes damnées ou des sorcières métamorphosées.

— Eh ben, fit Elias à voix basse. Moi, je dis que pour ce qui est de réincarner les vilaines sorcières, Nyx est parfaite…

Jeanne, qui connaissait l'histoire de Nyx, fit taire son voisin :

— Arrête de dire n'importe quoi.

— Ouais, chuchota Manel, et en plus je suis sûr qu'elle peut entendre ce qu'on dit.

Un léger croassement provint de derrière eux, et ils se replongèrent en silence dans le film. Jeanne jeta un œil à Elias, qui se mordait la lèvre, conscient qu'il aurait mieux fait de se taire.

Dans de nombreuses civilisations pourtant, comme chez les Amérindiens, dans la Grèce antique, dans la mythologie nordique ou encore au Tibet, le grand corbeau est soit l'oiseau créateur du monde et protecteur des humains, soit le messager des dieux.

— Alors, vous voyez ? fit la voix rocailleuse de Nyx à la fin de la vidéo. Les corbeaux ne sont pas seulement voués à réincarner les vilaines sorcières, n'est-ce pas ?

Elias devint rouge jusqu'aux oreilles, ce qui fit rire Jeanne et Manel.

La vidéo suivante avait pour thème les Maîtres-Chats. Rébellion et les dix autres chats présents, élégants et fiers, montèrent sur les tables pour mieux voir le film qui leur rendait hommage. L'introduction parlait d'eux en des termes élogieux, et plusieurs des Maîtres-Chats présents se mirent à ronronner :

— Ils ne seraient pas un peu prétentieux, nos chats, sourit Arthur.

— Tais-toi, le rembarra Elias, qui avait à peine dérougi. Ils vont nous entendre. Déjà que je me suis mis Nyx à dos.

Le chat est un des animaux qui captent le mieux l'énergie de la Terre.

Il a une intelligence vive et fait preuve d'une grande connaissance des choses de la nature, mais également des recoins de l'âme humaine. Ses capacités sont nombreuses : il est passé maître dans l'art de la télépathie, il détecte des événements avant qu'ils ne se produisent, il a un sens de l'équilibre et de l'orientation exceptionnel.

Les chats sont les maîtres de la détente : la leur et celle des autres. Ils sont capables de faire baisser le rythme cardiaque et la tension des humains dont ils sont proches.

Les chats sont entêtés, volontaires, décidés, et sont capables de recommencer plusieurs fois quelque chose qu'ils n'ont pas réussi à faire.

Brune se pencha vers Jeanne en lui chuchotant très bas :

— Je me souviens de la fois où Fanchette voulait absolument monter sur la table de la salle à manger parce qu'il y avait du poulet. Ma mère l'a mise par terre, et elle est remontée. On a compté : elle a recommencé dix-sept fois. En fait, elle s'est arrêtée parce que ma mère l'a mise dehors.

Jeanne eut un petit rire.

— J'adore ! Ils sont complètement dingues, nos chats ! On pourrait écrire un livre rien qu'avec leurs histoires.

On dit que les chats peuvent prévoir les événements avant qu'ils ne se produisent, comme les changements de températures ou même les séismes.

Ils ressentent les vibrations de l'air et n'aiment pas être dérangés quand ils se reposent car ils préservent leur propre bien-être, mais aussi leur faculté à percevoir les infimes variations de l'atmosphère.

Le chat est un animal prudent, conservateur et routinier, et ne donne pas son affection au hasard. Alors, rappelez-vous, vous n'êtes pas le maître du chat, tout juste son serviteur !

Une lumière douce se ralluma progressivement.

— Nous faisons une courte pause. Qu'avez-vous à dire sur ce que nous venons de voir ? demanda Phoebe.

— Ça me fait penser à un truc que dit tout le temps ma mère, dit Jeanne avec un sourire vers Rébellion : « La différence entre le chien et le chat, c'est que le chien pense : "Ils me nourrissent, ils me protègent, ils doivent être des dieux", alors que le chat pense : "Ils me nourrissent, ils me protègent, JE dois être un dieu." »

Tout le monde éclata de rire. Rébellion lui lança une œillade discrète, relevant le nez avec fierté. À sa suite, les autres Maîtres-Chats se grandirent aussi pour jouer pleinement leur rôle de… dieux.

— Qu'est-ce que je disais ? répéta Arthur en baissant la voix. Ils se la pètent un peu quand même.

Son Maître-Chat, Lutine, une grande chatte rousse, s'avança vers lui et s'assit devant lui en le regardant droit dans les yeux. Arthur baissa le nez et regarda ses pieds. Lutine se releva, fit demi-tour en lui donnant un grand coup de queue sur le visage.

— Lutine, la déesse, fit Elias en riant.

— Oh, ça va, toi ! T'es aussi l'esclave du tien, hein ?

— Oui, mais moi au moins je le reconnais.

— On se recentre sur notre discussion, fit doucement Phoebe.

Une chose à laquelle elle n'avait jamais pensé traversa l'esprit de Jeanne.

— Mais au fait, comment nos chats font pour entrer dans notre famille ? Ça ne doit pas être simple, pour eux, de se faire accepter, comme ça…

Rébellion parut sourire, ce que Jeanne trouvait

toujours fascinant. Elle expliqua :

— Ce sont les Grands-Maîtres de vos villages qui introduisent le Maître-Chat, d'une façon ou d'une autre, dans votre famille.

— Mais si jamais ça marche pas ? Si nos parents ne veulent pas ? insista Jeanne.

— Alors là, un peu de magie discrète pour persuader que *ce* chat leur est indispensable… Et je peux vous assurer que nous savons être très persuasifs.

Jeanne n'en doutait pas un seul instant.

— Tous les jeunes sorciers ont un Maître-Chat ? demanda Manel.

— Oui, fit Nyx de sa voix éraillée. Tous. Sans exception.

— Et d'où ils viennent, les Maîtres-Chats ? De la SPA ?

La question d'Albine fit sourire tout le monde.

C'est son Maître-Chat, Nu, un sphynx sans poil impressionnant, qui lui répondit :

— L'élevage des chats de sorcier, est au Hameau. Nous y vivons ensemble et y faisons notre apprentissage de Maître-Chat jusqu'à la rencontre avec vous.

— Oui, reprit Miette, la chatte tigrée de Victoria. Nous sortons du Hameau à la naissance de notre jeune apprenti pour être donné à sa famille peu de temps après.

Le chat de Céleste, qui était d'une blancheur incroyable avec des poils angoras, se leva et s'avança vers les jeunes sorciers.

— Il faut savoir aussi que nous vivons plus longtemps que les chats normaux, et qu'en général les générations de chats suivent une même famille.

Jeanne regarda attentivement les onze Maîtres-Chats qui étaient devant eux. Elle connaissait bien les chats, les aimait particulièrement, mais elle prit soudain conscience que tous ceux qui étaient là n'avaient pas grand-chose à voir avec les petits matous qui traînaient dans le village.

Chacun se mit à parler avec son voisin ou sa voisine, racontant les péripéties de son propre chat avant que n'ait eu lieu la révélation. On sentait chez tous les jeunes une véritable passion pour leur animal de compagnie.

Au bout de quelques instants, Iris leur proposa de continuer à voir le film. D'autres animaux allaient également intervenir dans la formation. Ainsi, en plus des corbeaux et des Maîtres-Chats, il y avait les veilleurs, (Jeanne pensa à Mousquette et à Musty), mais aussi des bâtisseurs, des protecteurs, des sentinelles, des guides, des nettoyeurs et bien d'autres encore.

La liste des capacités des animaux était longue, et on comprenait en voyant le film que certains les mettaient au service de la sorcellerie dans le but d'aider à atteindre la grande harmonie.

— Et y a pas des animaux-soldats ? demanda Rabah.

— Pour quoi faire ? répondit Iris. La paix règne depuis toujours dans le Hameau, tous les sorciers qui y vivent sont pacifiques. Dans ce cas, pas besoin de soldats.

Quand les rideaux furent ouverts à la fin du film, Phoebe lança à nouveau la discussion :

— Alors, qu'est-ce que tout ça vous inspire ?

— Les animaux ont une place drôlement importante dans le monde des sorciers, commenta Brune.

— Ben ouais, c'est énorme, même, s'étonna Albine. D'accord pour les passeurs de savoirs et les Maîtres-Chats, mais les autres animaux que vous nous avez montrés, ils nous sont vraiment utiles ?

— Il ne s'agit pas d'être utile, intervint Nyx, mais d'être complémentaire. Ces animaux ont un savoir différent de celui des humains. Plus en lien avec la nature, avec les émotions profondes, l'instinct, ils n'utilisent pas les mêmes sens que les hommes. Ou pas de la même façon. Comme je le disais : nous sommes complémentaires...

— Ça veut dire que tous les animaux de la Terre sont des... sorciers ? demanda Farah d'une petite voix, toujours discrète.

— Non, pas du tout. Ça veut dire que les animaux, pour la plupart, ont gardé leur connexion avec la nature, ce que certains hommes ont perdu. Cette connexion à la nature, c'est la base de notre sorcellerie.

— Mais les Grands-Maîtres aussi sont des passeurs de savoirs, reprit Farah en caressant Bestiole, son chat noir et blanc qui fermait les yeux de plaisir.

— Bien évidemment. Votre apprentissage est lié à la bonne collaboration entre les espèces. Fin-Galad, mademoiselle Fifi et tous vos Maîtres interviendront également dans votre formation, ça va de soi. Maintenant, après toute cette théorie, j'aimerais que vous passiez à... la pratique.

Les jeunes se regardèrent sans comprendre. Jeanne demanda :

— À la pratique ? Qu'est-ce que ça veut dire ?

Un étrange gloussement, comme un début de rire, sortit du gosier d'Iris. Elle se dirigea vers l'espace de récréation et ouvrit la cloison.

— Eh bien vous allez vous prendre pour un corbeau, maintenant. Se mettre dans la peau de quelqu'un d'autre, découvrir ses impressions, ses sensations… ça aide à avoir de l'empathie.

— Et l'empathie est la base de toute la sorcellerie. Voilà à quoi sert la séance d'aujourd'hui : on vous a souvent dit que notre magie était au service de l'homme, mais l'homme, sans sa maison, c'est-à-dire la Terre et tout ce qui la compose, n'est rien. L'homme sans les autres habitants de la Terre, c'est-à-dire les animaux, n'est rien. Notre mission, à nous sorciers, c'est de préserver l'harmonie qui règne entre tous les éléments qui composent la vie sur Terre.

— Eh ben y a du boulot ! s'exclama Manel.

Jeanne approuva :

— C'est pas gagné, quand on voit les océans pleins de plastiques…

— … tous les éléphants tués pour leurs défenses, ajouta Céleste…

— … les ours polaires qui sont de moins en moins nombreux, avança Jules…

— … les usines et les voitures qui rejettent plein de gaz à effet de serre, pesta Victoria…

— … les tsunamis et les séismes de plus en plus nombreux, fit Rabah…

— … les animaux maltraités, dirent en chœur Farah et Albine…

— … les dauphins et les orques dans les parcs aquatiques, grogna Arthur…

— … les terres et les plantes imbibées de pesticides, nota Elias…

— … ouais… C'est pas gagné, conclut Brune.

Nyx regarda les jeunes sorciers avec – pour une fois – un regard satisfait. Elle se redressa avec fierté et prit la parole :

— Je vois que vous êtes sensibilisés au sujet. Bravo, je vous en félicite.

Chaque élève de la Classe-Mars se redressa à son tour, sentant que quelque chose venait de basculer chez le grand corbeau passeur de savoirs. Nyx déploya ses immenses ailes et survola ses élèves.

— Alors retenez bien ce mot, mes enfants : HARMONIE ! Si votre souhait est de la ramener et de la préserver sur Terre, alors vous mènerez à bien votre mission.

Après que Nyx eut terminé de parler, Iris se posa près d'un grand coffre en bois et en cuir, et fit signe à Manel, qui était à côté d'elle, de l'ouvrir, tandis que Phoebe, debout sur un autre, demandait à Céleste d'ouvrir le sien. Les jeunes se penchèrent au-dessus des énormes malles et découvrirent les costumes : il s'agissait de justaucorps recouverts de plumes noires et d'un ingénieux système de sangles pour ajuster de larges ailes sur le dos. Jeanne oublia un instant sa fatigue, s'imaginant en train de voler.

— Dites ! C'est pas parce qu'on va avoir des ailes qu'on va pouvoir voler, fit-elle, sceptique.

— Qui sait ? répondit Iris avec une pointe d'amusement dans les yeux.

— Et voilà de quoi vous maquiller le visage aussi.

Intrigués, les jeunes endossèrent leurs costumes et se maquillèrent mutuellement.

— On a l'air malin, comme ça, nota Elias avec un début de fou rire.

— Surtout toi, fit Manel en le poussant du bout de son aile.

Arthur essayait de marcher, mais était empêtré dans

son habit qui semblait trop grand :

— Bon, et on fait quoi ?

Jeanne essaya de battre des ailes.

— On court dans l'espace en remuant les ailes et en faisant semblant de voler ?

Brune éclata de rire.

— Comme quand on jouait dans la cour de l'école en maternelle ?

Ils se regardaient, le visage charbonneux, des plumes partout, balourds avec leurs longues ailes encombrantes, les pieds en canard. Mais, tandis que le fou rire les gagnait tous, ils furent soudain soulevés de terre par une force invisible, ce qui eut pour effet immédiat de les calmer. Plusieurs poussèrent un cri de surprise, essayant de rester en équilibre à deux mètres du sol.

— Ehhh ! cria Elias ! C'est quoi, ça ? Laissez-moi redescendre sur le plancher des vaches !

Nyx se posta en vol près du jeune garçon et expliqua de sa voix forte :

— Alors maintenant, comme si vous étiez dans de l'eau, vous allez vous allonger dans l'air et essayer de battre lentement des ailes. Calmement, Elias. Pas mal, Jeanne. Brune aussi, c'est bien. Allonge-toi davantage, Céleste. Pas la peine de faire des battements de pieds, Arthur, tu n'es pas à la piscine.

Chacun tentait avec plus ou moins de réussite de prendre la position demandée par le grand corbeau. Mais ce n'était pas si simple. S'ils mettaient le poids de leur corps trop vers l'avant, ils piquaient du nez ; s'ils le mettaient trop vers l'arrière, ils se retrouvaient presque debout. Après quelques tentatives, ils parvinrent tous à une position convenable, leur permettant de commencer à… voler ! C'était incroyable ! Ils ne volaient pas bien haut, seulement à trois mètres du sol, mais ils volaient bien, coulant paisiblement sur l'air, avançant à l'aide de leurs lents battements d'ailes, et probablement aussi grâce à un peu de magie.

Céleste, un peu empêtrée par sa très grande taille et ses mouvements désordonnés, faillit percuter Jules, qui, comme d'habitude, ne faisait pas preuve d'une énergie débordante et battait des ailes au ralenti.

— Regarde où tu vas, Céleste, il ne s'agirait pas de vous rentrer dedans. Inclinez-vous doucement pour tourner. Voilàààà ! Jules, un peu plus de dynamisme, sinon tu vas faire du surplace !

Jeanne, émerveillée par l'expérience, essaya de monter un peu plus haut, mais ce ne fut pas possible. Elle s'aventura alors plus loin dans l'espace de récréation, s'amusant à faire du slalom entre les troncs des arbres. Chaque jeune sorcier progressait dans une direction, puis revenait, essayait d'éviter un camarade, planait un peu.

— Hé ! Regardez ! J'arrive à survoler ce satané labyrinthe, hurla Arthur. Je vais apprendre la disposition par cœur et après je vous battrai tous !

— T'as ton portable ? lui hurla Elias. Photographie-le !

— T'es pas bien net ! Je vais pas lâcher mes ailes pour faire une photo !

D'autres les rejoignirent et s'amusèrent à suivre de haut les chemins entre les haies. Brune s'approcha de Jeanne, un grand sourire aux lèvres.

— C'est fou, hein ?

— Ouais, répondit Jeanne. J'avais déjà rêvé que je

volais, mais je ne pensais pas que je le ferais un jour.

Elles continuèrent à avancer toutes les deux, côte à côte, en silence. Puis Iris les rappela, et ils se regroupèrent à regret au-dessus des coffres.

— Désolée d'interrompre cette expérience, mais elle demande tellement d'énergie que nous ne pouvons pas la poursuivre trop longtemps. Vous allez maintenant vous poser au sol, avec calme et élégance.

Les jeunes sorciers se posèrent les uns après les autres au sol, tranquillement, sauf Elias, qui chercha encore à faire le fanfaron et atterrit sur le bord d'un des coffres. Il bascula le nez en avant et alla se vautrer aux pieds de Manel, qui lui fit remarquer à juste titre :

— On avait dit avec calme et élégance, Elias.

— Ouais... Bon... Ça va, hein ! J'aimerais...

Nyx l'interrompit en levant une de ses ailes :

— Voilà. J'espère que vous avez ressenti des sensations nouvelles car, même si nous ne pouvons pas nous permettre de vous faire voler plus haut et plus longtemps, vous savez maintenant ce que c'est que voler de ses propres ailes...

Les onze apprentis-sorciers se regardèrent tous, des étoiles dans les yeux, un sourire béat sur les lèvres, épuisés mais radieux.

— Bah ouais, fit Jeanne, les joues roses de plaisir. C'était pas un vol en plein ciel, mais c'était juste... génial !

Les trois amis se baladaient à pied dans les rues de Mortepaille en fin de journée. Charles regardait Jeanne avec des yeux ronds.

— Quoi ? T'as… T'as vraiment *volé* ?

— Ben ouais !

— C'est dingue ! fit Clarisse à son tour. Et tu pourras le refaire quand tu veux ?

— Non, c'était juste une expérience pour nous permettre de comprendre les sensations de vol et de nous mettre à la place des oiseaux…

Charles s'arrêta de marcher et se planta devant son amie.

— Ben j'espère qu'ils ne vont pas vous proposer comme expérience de vous mettre à la place des vers de terre…

Jeanne et Clarisse éclatèrent de rire.

— Ben figure-toi que j'en sais rien ! Mais c'est possible, puisqu'il faut qu'on soit en harmonie avec le monde.

— Même les vers de terre ? Les limaces ? Et imagine… les blobfishs aussi ?

— Si tu veux, pour les blobfishs, je te laisse ma place, si ça t'intéresse tant.

Ils reprirent leur marche, et Clarisse demanda à Jeanne :

— Ça a duré longtemps ?

— Non, pas tellement, peut-être cinq minutes, parce

que c'est épuisant. D'ailleurs, après, j'ai dormi pendant plus d'une heure.

— Ah ? Et les oiseaux aussi, ils dorment pendant une heure à chaque fois qu'ils font cinq minutes de vol ? Parce que, dis donc, ça te ralentit sérieusement ton voyage, un rythme pareil.

— Charles, réfléchi, un peu…

— Hé ! Regardez, on est dans la rue d'Achille ! s'exclama Clarisse.

— Bah ça tombe bien.

— Comment ça, *ça tombe bien*, Charles ?

— Ben j't'ai déjà dit : je suis sûr qu'il mijote quelque chose en douce contre toi. Et là, c'est la bonne occasion de l'espionner.

Les deux filles levèrent les yeux au ciel, mais le suivirent sans faire de bruit jusqu'à la maison d'Achille. Les volets étaient fermés, aucun bruit ne sortait de l'intérieur.

— C'est bizarre, on est en fin de journée, et y a pas un bruit, chuchota Clarisse.

Charles lui fit signe de se taire et de marcher derrière lui. Il pointa le côté de la maison du doigt, leur indiquant un chemin qui devait mener à l'arrière. Après avoir un peu hésité, les filles emboîtèrent le pas à leur ami qui avançait en courbant le dos. Ils se retrouvèrent dans un jardin assez grand envahi d'herbes hautes, de ronces et d'orties. Au fond, une serre était éclairée.

— Il y a quelqu'un dans la serre, chuchota Charles. On va voir.

Jeanne regardait partout autour d'elle, se demandant s'ils avaient bien fait. Quand même, entrer par effraction dans une propriété, c'était dangereux. En plus, s'ils étaient surpris, ils risquaient de se mettre à nouveau Achille à dos.

— Vous croyez pas qu'on devrait partir, fit Clarisse d'une voix presque inaudible. On n'a pas le droit, quoi !

Jeanne lui fut reconnaissante d'avoir le même avis qu'elle, mais Charles ne voulut rien entendre et continua à avancer. Ils arrivèrent près de la serre. Du bruit s'en échappait. La plupart des verres qui composaient les parois étaient tellement sales qu'on ne pouvait pas voir au travers. Mais ils trouvèrent un endroit vers le fond où les vitres étaient cassées et ils purent regarder à l'intérieur : assis sur un tabouret haut, devant un établi, Achille, un masque devant la bouche, un casque sur les oreilles, manipulait des tubes à essai, écrivait des notes, touillait une mixture rose qui bouillait sur un petit réchaud à gaz. Il avait l'air très absorbé par ce qu'il faisait et parlait tout seul. Mais, à cause du masque, personne ne comprenait ce qu'il disait. Les trois amis restèrent quelques instants à l'espionner. Soudain, une toux se fit entendre derrière eux.

— Mince, fit Charles en se retournant vers la maison. Voilà quelqu'un.

Jeanne attrapa ses deux amis par la manche et les tira vers un massif de ronces et d'orties.

— Faut se planquer derrière ça, venez, chuchota-t-elle.

— T'es pas nette, ce sont des orties ! On va se faire piquer ! râla Charles.

— Ouais, ben c'est si *on* nous voit qu'on va se faire piquer !

— Ah ! Ah ! Très drôle !

Clarisse intervint en haussant légèrement le ton :

— Mais taisez-vous, tous les deux, enfin !

Une femme très maigre, habillée d'une vieille robe noire trop large pour elle et d'un châle en laine gris foncé – sûrement la mère d'Achille – se dirigeait vers la porte de la serre. Elle essaya d'ouvrir, mais celle-ci était fermée à clé. Elle eut une autre quinte de toux et s'énerva.

— Achille, je t'ai déjà dit de pas fermer cette porte ! Ça fait vingt minutes que je t'envoie des SMS pour venir manger, et tu réponds pas.

Elle se mit à tambouriner sur les vitres. Comme son fils ne réagissait toujours pas, elle s'approcha des vitres cassées, tout près de l'endroit où se tenaient Jeanne et ses amis, qui se serrèrent les uns contre les autres en se faisant les plus petits possible. La femme passa la tête par la vitre et hurla :

— Achille ! Tu m'entends ? Viens manger !

Une voix assourdie parvint de l'intérieur de la serre.

— Qu'est-ce que tu dis ? Je comprends rien ! Et défais ce casque de tes oreilles quand je te parle.

Achille dut dire oui car sa mère se tourna pour repartir. Pendant un instant, son regard passa sur le massif de mauvaises herbes où étaient cachés les enfants. Jeanne retint son souffle, mais il commençait à faire sombre et ce n'était pas possible qu'elle puisse les voir. Une nouvelle quinte de toux la secoua, et elle se dirigea vers sa maison.

— Faut pas bouger, surtout. Achille va sortir aussi, murmura Clarisse.

— Ouais ben faudrait qu'il fasse vite, parce que j'ai les bras dans les orties, et je peux vous dire que ça fait un mal de chien.

— Rôôôô ! Pauvre petit Charles ! ricana Jeanne, toujours à voix très basse.

Clarisse leur fit signe de se taire. La lumière de la serre venait de s'éteindre, et Achille en sortit, ferma la serre à clé, puis se dirigea vers sa maison.

Pendant un long moment, les trois enfants ne bougèrent pas, puis Charles commença à se tortiller.

— Bon, on se tire de là ? J'en peux plus de me faire piquer.

Quelques instants plus tard, les trois s'extirpaient de leur cachette, piqués par les ronces, pleins de boutons. Charles se grattait sans cesse.

— J'en ai marre, j'suis bouffé de partout.

— Te gratte pas, lui conseilla Jeanne, ça va être pire !

— Comme si ça pouvait être pire que ça…

Ils se dirigeaient discrètement vers la sortie, sur le côté de la maison, quand Jeanne s'arrêta net.

— Ben qu'est-ce que t'as ?

— Regardez, par terre. La clé de la serre.

— Achille a dû la laisser tomber en rentrant chez lui.

Jeanne se pencha, ramassa la clé et se redressa d'un coup.

— Je veux aller voir ce qu'Achille faisait comme expérience.

— Ah, enfin, tu rejoins mon idée qu'il est louche.

— Non, je veux juste vérifier quelque chose, c'est tout.

Clarisse fit une grimace.

— J'ai pas très envie de retourner jusqu'à la serre, moi. Et s'ils ressortaient ?

— Je sais, c'est risqué, mais il faut que j'aille voir. Y a un truc qui me chiffonne. Je veux vérifier…

Sans attendre l'avis de ses amis, Jeanne fit demi-tour et partit en courant presque vers la serre. Elle tourna la clé dans la serrure et entra. Derrière elle, Clarisse et Charles entrèrent aussi.

— Clarisse, t'as ton portable, tu peux éclairer la paillasse, là ?

Clarisse s'approcha en tremblant. Elle tapa sur l'épaule de Charles au passage.

— Toi, tu restes à la porte et tu montes la garde, compris ?

— Bien, chef !

— Non mais rigole pas, Charles...

— Mais si vous voyez un truc pas net, vous m'appelez, hein ?

Clarisse fit signe que oui et rejoignit Jeanne, qui regardait attentivement tout ce qu'il y avait sur la longue table. Rien de spécial, si ce n'est un bocal contenant une substance rose vif qui lui rappelait quelque chose. Mais elle ne voyait pas quoi.

— Magne-toi, Jeanne, j'ai la trouille, moi.

Jeanne se tourna vers son amie.

— Ça ne te rappelle rien, ça ?

Clarisse regarda le bocal et fit non de la tête.

— Je ne vois pas, non. On y va, maintenant ?

— Vous trouvez quoi ? Vous trouvez quoi ? s'énervait Charles depuis la porte, contrarié de ne pas voir les expériences d'Achille.

— Jeanne, insista Clarisse, on y va ! S'il te plaît !

— Oui, oui...

Jeanne n'arrivait pas à détourner son regard de la substance. Clarisse finit par l'attraper par le bras et la tirer brusquement.

— Allez, t'as fait le tour, t'apprendras rien de nouveau. On s'en va.

Jeanne accepta de mauvaise grâce, jeta un dernier

coup d'œil au bocal et partit avec son amie. Elle referma la porte, et tous les trois sortirent, pliés en deux, le plus vite qu'ils pouvaient. En effet, des voix approchaient de la porte arrière, ce n'était plus le moment de traîner.

Jeanne laissa tomber la clé là où elle l'avait ramassée, et en un instant ils se retrouvèrent dehors, dans la rue.

— Ben on l'a échappé belle ! Y a quelqu'un qu'allait ressortir.

— Ouais, Charles, j'ai eu la même impression.

— T'as bien remis la clé où tu l'avais trouvée ? demanda Clarisse, toujours très prévoyante.

— Ouais, ouais, t'inquiète.

— Bon, t'es rassurée ? Achille, il fait des petites expériences amusantes de chimie, et puis c'est tout.

Ils étaient maintenant assez éloignés de la maison. Charles se planta devant ses amies.

— Ben moi, je n'ai rien vu, évidemment puisque je devais faire le guet, mais je suis sûr qu'il fait des trucs pas nets.

Clarisse soupira d'énervement.

— Mais Charles, il a le droit d'aimer la chimie. Moi, à Noël dernier, j'ai eu une boîte avec des expériences à faire. Ça s'appelait *Le petit chimiste*. C'est drôlement bien. Tu te rappelles, Jeanne ? On avait fait de l'encre invisible, et puis du slime…

Jeanne approuva de la tête. Clarisse poursuivit :

— Ton truc rose, là, qui avait l'air de t'inquiéter, moi je suis sûre que c'est du slime.

— Ouais, remarque, t'as peut-être raison, ouais…

Tout en marchant, ils étaient arrivés devant la maison de Jeanne. Charles, qui ne voulait pas en démordre, reprit :

— N'empêche ! Les trucs bizarres qu'il marmonnait, c'était même pas du français.

— Peut-être que si, mais on n'a pas compris à cause de son masque sur la bouche.

— Ouais… Ouais… En tout cas, tu me retireras pas de la tête qu'il est pas clair, ce mec…

Jeanne posa la main sur le portail de son jardin. Le ciel était entre chien et loup, et les premières étoiles apparaissaient. Elle leva les yeux un instant, puis se tourna vers ses amis.

— Je suis fatiguée de tout ça. Je crois que je vais aller me coucher sans manger.

— Toi ? Sans manger ? T'es malade ?

Jeanne se força un peu à rire, mais elle se sentait d'un coup à nouveau très épuisée. Elle embrassa Clarisse et Charles, qui repartirent. Après avoir dit à sa mère qu'elle montait directement se coucher – ce qui ne manqua pas d'inquiéter Agnès – elle se déshabilla en quatrième vitesse, se coucha dans son lit et s'enfouit sous sa couette. Rébellion arriva aussitôt et se posa près de sa jeune maîtresse, qui lui fit une caresse alors qu'elle sombrait déjà dans le sommeil.

En s'endormant presque immédiatement, la jeune sorcière dit d'une voix faible à son Maître-Chat :

— Je suis si fatiguée, Rébellion, si fatiguée.

La chatte regarda sa jeune protégée, troublée.

Il allait falloir creuser un peu pour savoir d'où venait cette fatigue anormale.

— Rébellion m'a dit que tu étais fatiguée ?

Fin-Galad marchait tranquillement aux côtés de Jeanne dans les longs couloirs de l'Entre-Deux.

— Oui, depuis l'autre jour où je me suis évanouie, j'ai parfois l'impression de ne plus avoir d'énergie.

— Il peut y avoir plusieurs explications à ta fatigue. Déjà, tu as vécu quelque chose de choquant, et ce n'est pas facile. Et puis tu es à un âge où ton corps change, et peut-être que tout ça…

Fin-Galad essayait de rassurer sa jeune protégée, mais elle aussi était inquiète. Elle espérait sincèrement que ce n'était rien de plus que ce qu'elle venait de dire. Jeanne lui sourit.

— C'est ce que maman m'a dit aussi. Elle m'a emmenée chez le médecin, qui m'a fait une prise de sang, mais il n'y a rien d'anormal. Le docteur en a conclu la même chose que vous. D'ailleurs, à propos d'analyse, on a les résultats pour Swann ?

Ils passèrent la porte surmontée d'une gravure représentant une horde de chevaux. C'était la porte qui menait au Hameau, et Jeanne sentit son cœur battre de plaisir.

— Oui, je vais t'expliquer tout ça quand nous serons là où je veux t'emmener.

— Et où est-ce que vous m'emmenez ?

— Ah ! Ah ! Petite curieuse ! Nous allons à la bibliothèque du Hameau.

Le visage de Jeanne s'éclaira d'un magnifique sourire. Elle aimait aller dans les bibliothèques et imagina que celle du Hameau devait être exceptionnelle.

— Je vois que cela te plaît, remarqua Fin-Galad. Je pense que tu ne vas pas être déçue.

Elles empruntèrent le long escalier sombre avant d'arriver dans la salle où le Maître-Gardien vérifiait les identités pour s'assurer qu'aucun intrus ne pénétrait dans le Hameau. Comme la première fois que Jeanne était venue, le petit homme barbu et costaud dirigea l'étoile-radar de son appareil vers les nouveaux arrivants. Puis, après avoir consulté sa base de données, annonça de façon à peine audible :

— Grand-Maître Fin-Galad et Jeanne Rossignol, apprentie, vous pouvez passer.

Fin-Galad s'inclina poliment devant lui, imitée par Jeanne, et répondit :

— Merci, Maître-Gardien.

Puis elles passèrent une nouvelle porte. Là, tout comme la première fois qu'elle l'avait découvert, Jeanne fut submergée par la beauté du Hameau : des maisons de pierres, de bois et de baies vitrées, dont les toits étaient ouverts sur le ciel par des vitraux en forme d'étoiles, poussaient entre les arbres gigantesques. Elle prit un grand plaisir à arpenter les rues où des sorciers marchaient paisiblement. Il se dégageait de cet endroit une telle paix que l'on était immanquablement envahi par une incroyable sérénité.

Au détour d'une rue, Jeanne aperçut alors un ensemble de bâtiments qu'elle n'avait pas vu lors de sa première visite : de jolies bâtisses aux façades recouvertes de pages de livres étaient plantées au milieu d'un parc arboré et reliées entre elles par des tunnels en verre. Une rivière, bordée de saules pleureurs, de bouleaux, de nombreuses statues et de banquettes recouvertes de tissus colorés, serpentait dans le parc. Fin-Galad se dirigea vers un bâtiment plus grand et plus haut que les autres, d'où partaient tous les couloirs de verre en direction des bâtisses. Jeanne était émerveillée, mais le fut encore plus en pénétrant dans une immense salle. Entre les passages conduisant aux tunnels de verre, menant eux-mêmes aux structures extérieures, des pans entiers de murs étaient recouverts de livres.

— Ici, tu trouveras tous les livres sur l'histoire du Hameau, expliqua Fin-Galad en balayant l'espace de son bras pour en montrer l'étendue à Jeanne. Dans les constructions que tu as vues dehors se trouvent les différentes catégories de livres : tu as la maison des livres de géographie, la maison des romans, celle des sciences, et ainsi de suite…

Jeanne n'en revenait pas. Elle n'avait jamais vu une bibliothèque pareille. Elle était aussi très étonnée de découvrir tous les espaces dédiés à la lecture. Entre les étagères, des renfoncements, comme des niches creusées dans le mur, accueillaient des personnes qui lisaient, allongées sur des coussins moelleux. Certaines avaient même tiré un petit rideau pour être plus tranquilles. Au sol, de part et d'autre de la travée du milieu, des gens lisaient dans des baignoires remplies d'une eau fumante bleutée.

— Mais comment font-ils pour ne pas mouiller leur roman ? s'étonna Jeanne.

— Ces livres sont recouverts d'une fine pellicule

imperméable. Beaucoup de gens aiment lire dans leur bain, et cet aménagement est fait pour eux.

— Mais quand ils sortent de l'eau ils sont tout…

— … tout nu, tu veux dire ? Non, ils se baignent en maillot de bain.

— Aaahh ! Mais c'est génial !

La technique plaisait beaucoup à Jeanne, qui se dit qu'elle essaierait bien le bain-lecture. Fin-Galad continua ses explications :

— Là tu as les fauteuils massants, là les simulateurs de train, de voiture ou d'avion pour ceux qui aiment l'ambiance de la lecture en voyage, dehors tu as les transats, des barques-à-bouquins sillonnent la rivière, des balançoires automatiques pour lire en te balançant, et plein d'autres endroits insolites pour tous les amoureux des livres.

— Et ça, qu'est-ce que c'est ? demanda Jeanne en montrant à son Grand-Maître des petites bulles de verre au pied des étagères.

— Ah ça, ce sont les ascenseurs individuels qui permettent de chercher les livres qui se trouvent en hauteur.

— Vous n'utilisez pas la magie pour faire venir le livre à vous ? Ça serait plus simple, non ?

— Mais Jeanne, le vrai lecteur a besoin et envie de fouiller, de fouiner, de comparer, de toucher. La magie est puissante, tu le sais, mais elle ne doit pas te faire oublier que certains efforts apportent de la satisfaction et sont nécessaires à ton bonheur.

Ce discours rappela à la jeune sorcière celui du Lutin Gourmand sur l'art de faire la cuisine soi-même. Décidément, la magie était bien faite puisqu'elle laissait la part belle aux actions individuelles, à la création, à l'imagination et à la découverte.

— Allez, Jeanne, je te propose que nous nous asseyions à ce bureau. Nous avons plein de choses à faire.

Elles prirent place à une table de travail un peu à l'écart, dont le plateau représentait une couverture de livre grand format posée sur quatre pieds de bois ouvragés, sculptés de personnages et de scènes de romans.

Jeanne fut contente de s'asseoir car elle se sentait à nouveau fatiguée, mais elle n'en dit rien et se concentra sur les paroles de son Grand-Maître.

— Bon, je vais commencer par les résultats d'analyse. Saragan a étudié le brin de cheveu du Neutrande et a découvert une quantité impressionnante de poison dedans. Nous pensons que ce poison a intoxiqué Swann en se répandant dans son organisme et l'a transformé en Neutrande. Nous en avons en effet retrouvé aussi dans son sang.

— Oh mais quelle horreur ! Alors, il a été empoisonné ?

Jeanne marqua un temps de réflexion et reprit :

— Mais est-ce que ça pourrait être moi qui ai transmis ce poison à Swann ?

— Nous y avons aussi pensé au début. Du coup, nous avons comparé ce brin de cheveu avec celui d'Élie et de Sasha. Pétronille en a prélevé une infime quantité sur les deux Astrandes, mais nous n'avons absolument rien trouvé dedans. Ça tendrait à prouver que le poison n'était pas à l'origine dans ton cheveu, mais qu'on l'y a introduit ensuite.

— J'aime mieux ça…

— Je comprends, mais ne te sens pas coupable. Même si c'était toi, cela voudrait dire que tu as toi-même été empoisonnée.

Jeanne marqua une nouvelle pause. Quelque chose la tracassait, mais elle n'arrivait pas à trouver quoi. Elle fit part de ses inquiétudes à Fin-Galad :

— Je pense que vous devriez quand même analyser mes propres cheveux. Enfin, ceux qui sont sur ma tête, je veux dire. Comme ça, on en aura le cœur net.

— Tu crois que…

— Je ne crois rien, je veux juste vérifier.

— Tu as raison. Je vais demander à Saragan de le faire. Mais en attendant j'ai autre chose à te dire.

Jeanne réprima un bâillement. Elle ne se sentait vraiment pas en forme, mais Fin-Galad sut attiser sa curiosité.

— Tu te rappelles, pendant ta Nuit des Sorcières, en mars dernier, je t'avais parlé d'un document que j'avais trouvé et que je voulais étudier.

— Oui, je me souviens, et…

— En fait, c'est le journal intime de ton aïeule, ton arrière-arrière-grand-mère, qui était sorcière avant toi.

— Ah oui, Marie.

— C'est ça. Elle parle de sa lignée et explique que, aussi loin qu'elle remonte dans votre arbre généalogique, les sorcières sont toutes des femmes. Mais ça va même plus loin : elle aussi n'a eu que des femmes comme Grands-Maîtres.

— Comme moi…

— Comme toi. Mais aussi comme d'autres sorcières de ta lignée, selon l'arbre généalogique fait par Marie.

— Et qu'est-ce qu'elle dit d'autre ?

— Elle parle aussi… de Rameau.

Malgré sa fatigue de plus en plus grande, Jeanne se

redressa sur sa chaise. Quoi ? Rameau ? Son aïeule avait aussi connu Rameau ? Fin-Galad continua :

— Elle raconte dans son journal que, juste après sa formation – quand on permet aux jeunes sorciers nouvellement diplômés de découvrir le Hameau –, elle se promenait seule près de la Source. Là, elle a vu Eleutérius qui tournait autour, sans toutefois pouvoir franchir les sécurités. Au bout d'un moment, elle a ressenti comme une onde électrique légère la parcourir, et quelques instants plus tard Eleutérius pénétrait dans la Source. Ça l'a surprise, et elle l'a suivi de loin, en prenant bien garde de ne pas se faire voir. À un moment, ils se sont retrouvés dans une caverne éclairée au centre de laquelle se trouvait une statue de bois noir gigantesque. Une voix, d'abord inaudible, a marmonné quelque chose que Marie n'a pas entendu. Puis la voix s'est faite plus distincte, et elle a compris les mots suivants :

La prophétie de l'Enfant-Source... L'être au Focus exceptionnel... 48,7° de latitude N, 1,88° de longitude E... 17... 3... 2007... 111... 17... 3... 2007... L'Enfant-Source...

Marie a vu Eleutérius prendre un carnet et probablement noter ces informations. Elle en a fait de même sur son journal intime, qui ne la quittait jamais. Quand la voix s'est tue, le sorcier a tenté d'aller plus loin, mais ça ne lui a pas été possible, un écran invisible a barré l'accès aux couloirs suivants. Marie est sortie en vitesse pour ne pas se faire prendre, et Eleutérius quelques instants après elle.

Fin-Galad se tut et observa Jeanne. Elle était très pâle, et des cernes soulignaient ses jolis yeux gris perle. Elle semblait si fatiguée que Fin-Galad se demanda si cela ne cachait pas quelque chose de plus grave. Jeanne prit la parole :

— Je dois vous avouer… La première fois que je suis venue au Hameau et que Marin me l'a fait visiter, j'ai aussi ressenti un faible courant électrique, comme dans la description de Marie. Sauf que j'ai posé ensuite ma main sur la protection, et elle était bien là, il n'y avait pas de faille.

— Je m'en doutais. Jeanne, tu n'as pas senti la faille car elle s'ouvre progressivement. Mais je suis sûre que les ouvertures des failles sont liées à votre présence. D'abord Marie, puis toi… Mais il y a mieux. J'ai fait d'autres recherches. Dans le *Canard des Sorciers* – le journal du Hameau –, on parle d'une grande faille dans la source à la naissance de Marie… Et… j'ai vérifié : à ta naissance aussi, exactement cent onze ans après celle de ton aïeule.

— Vous… Vous êtes sûre ?

— Totalement sûre. Mais je te propose une chose : après avoir fait nos recherches à la bibliothèque, nous irons à la Source pour voir ce qu'il se passe quand tu t'en approches.

Le cœur de Jeanne fit un bond. Retourner à la Source. Ressentir à nouveau ces impressions étranges. C'était à la fois doux et angoissant. Elle demanda :

— Mais quelles sont les recherches que nous devons faire ici ?

— Eh bien voilà. Ton aïeule était à la fois facétieuse et prudente. Il existe plusieurs tomes de son journal intime, mais nous n'en avons retrouvé qu'un seul. Le premier, fort heureusement. À la fin de ce premier opus, elle dit que les autres ne pourront être retrouvés que par la sorcière suivante dans sa lignée…

— C'est-à-dire, moi…

— C'est-à-dire, toi.

Fin-Galad pensait que les autres livrets du journal intime de Marie auraient pu être éparpillés dans l'immense bibliothèque.

— Elle conseille de te fier à ton instinct, Jeanne. Tu ne ressens rien ?

La jeune sorcière se concentra du mieux qu'elle put. Non seulement elle ne ressentait rien, mais en plus elle était tellement fatiguée que c'en était presque douloureux. Fin-Galad s'en aperçut et décida de reporter les recherches à plus tard.

— Tu as du mal à te concentrer, n'est-ce pas ?

— Non, non… Enfin, oui, un peu, en ce moment…

— Bien. Nous reprendrons tout ça quand tu iras mieux. D'accord ?

— D'accord. Je suis désolée… Je…

— Ne t'inquiète pas, on ne peut pas forcer son instinct, et si pour l'instant ça ne marche pas, eh bien soyons patientes. Est-ce que tu te sens quand même la force d'aller à la Source ?

Jeanne ressentit un petit regain d'énergie.

— Ah oui ! Ça va aller. Ça me fera du bien de marcher et d'y retourner… C'est si beau, là-bas…

Elles quittèrent la bibliothèque et marchèrent tranquillement vers la Source.

Quand elles arrivèrent à l'orée de la forêt, un frisson

parcourut le dos de Jeanne. À sa gauche, les chevaux étaient toujours là, dans leur pré clôturé. Ils se grattaient mutuellement le dos en fermant les yeux de plaisir. Fin-Galad et Jeanne empruntèrent le chemin sinueux qui menait vers les hautes roches grises aux grains de mica brillant.

— J'adore cet endroit. Déjà, le Hameau est un lieu fabuleux, mais ici c'est... calme. Je m'y sens tellement bien.

Fin-Galad lui sourit. Elle leva la tête vers l'arbre le plus proche des grandes pierres. Jeanne l'imita. Au milieu du feuillage, deux yeux et un bec apparaissaient.

— C'est à Népi le geai maintenant que revient la mission de surveillance de cet endroit. C'est normalement un lieu tranquille où ceux qui viennent ne font que passer, mais on n'est jamais trop prudent. Comme je te le disais, il y a eu quelques événements qui nous ont prouvé qu'il était indispensable de le surveiller.

Jeanne approuva et s'approcha encore. Soudain, comme la première fois, elle se sentit traversée par un faible courant électrique. Elle regarda Fin-Galad, qui l'observait attentivement.

— Ça y est, ça me refait la même chose que l'autre jour. Vous ne ressentez rien, vous ?

— Non, il n'y a que toi.

— Et vous voyez une faille s'ouvrir ?

— Sois patiente, je pense que ça va venir... Peut-être qu'il faut du temps parce que... parce qu'« on » vérifie que tu es bien apte à créer la brèche ?

Apte à créer une brèche dans la Source ? Jeanne n'en revenait pas. Fin-Galad avait raison : au bout de quelques instants, elle ressentit un souffle léger qui venait de l'intérieur, et elles posèrent leurs mains là où quelques secondes avant se trouvait un invisible mur infranchissable.

— C'est... C'est... incroyable, répétait le Grand-Maître. Incroyable...

D'un coup, Jeanne fut envahie par une énergie prodigieuse : oubliée la fatigue, disparues les cernes, même ses joues étaient redevenues roses.

— Alors ça ! s'exclama Fin-Galad, qui n'en revenait vraiment pas. Jeanne... Tu... Jeanne...

Elle était tellement émue qu'elle attrapa la jeune fille dans ses bras et la serra très fort. Les manifestations d'émotion de Fin-Galad étaient suffisamment rares pour que Jeanne en profite. Elle-même se sentait tellement mieux qu'elle éclata de rire.

— Qu'est-ce qu'on fait, on entre ?

Le Grand-Maître parut hésiter, comme si elle était en proie à des tiraillements internes.

— Non, non, bien sûr que non. C'est interdit, tu le sais bien...

— Mais très tentant, n'est-ce pas ?

Fin-Galad attrapa le bras de Jeanne et, après un signe discret à Népi, l'entraîna loin des grandes roches.

— Je pourrais vivre ici, couchée sur ces pierres, fit la jeune sorcière.

Fin-Galad ne dit rien et la regarda, de l'admiration plein les yeux. Elle ne savait pas exactement comment ni en quoi, mais il lui semblait que le destin de Jeanne n'allait pas être ordinaire. Et elle, son guide, pour l'aider sur le chemin de ce destin.

Elles quittèrent le Hameau en se tenant par la main, sans parler, conscientes l'une et l'autre que quelque chose d'extraordinaire venait de se produire.

Le lendemain, après la classe, Jeanne interpella ses amis pour qu'ils mangent ensemble leur goûter sur un des bancs de la place. Alors qu'elle leur racontait comme elle s'était sentie bien après avoir été près de la Source, Achille sortit de la boulangerie, un sachet de bonbons à la main.

— Ça vous tente ?

— Non merci ! ronchonna Charles, de mauvaise humeur.

— Je veux bien, dit Clarisse avec un grand sourire.

Achille lui offrit une petite banane jaune vif que Clarisse s'empressa de manger en regardant Charles d'un air provocateur. Il leva les yeux au ciel, énervé.

— Et toi, Jeanne, je crois me souvenir que tes bonbons préférés, ce sont ceux qui ont la forme de fraise, c'est ça ?

— Oui ! C'est ça ! Je les adore !

Achille lui tendit une grosse et belle fraise en sucre, et Jeanne l'avala d'un trait avec gourmandise en répétant :

— J'adore…

— Allez, tiens, je t'en donne une deuxième.

Jeanne prit la deuxième fraise en sucre et la croqua tout aussi rapidement que la première.

— Qu'est-ce que c'est bon ! Ma mère veut pas trop que j'en achète…

— C'est pas grave, on va dire que je suis devenu ton fournisseur officiel de bonbons à la fraise. D'ac ?

— Ça te gêne pas ?

— Bah non… Si ça pouvait faire oublier les trucs pas sympas que j'ai faits avant…

Jeanne et Clarisse lui sourirent, Charles poussa un grognement.

— Merci, Achille, fit la jeune sorcière, t'es trop sympa.

Quand il se fut éloigné, Charles se mit à baragouiner en faisant une voix bizarre pour se moquer de Jeanne :

— Merci Achille, t'es trop sympa...

— Bon, Charles, ça va maintenant. Tu vois bien qu'il a changé.

Le jeune garçon regarda son amie dans les yeux.

— C'est drôle ! C'est toi qui es censée avoir un instinct exceptionnel, et là c'est moi qui ressens des trucs vraiment... mauvais, quoi ! Négatifs, pourris et compagnie. Et puis ce qu'il fait dans sa serre, là, avec ces expériences, je sais pas, mais c'est louche, je trouve...

— Mais non, on t'a dit qu'on avait déjà fait ça nous aussi, intervint Clarisse. C'est chouette de faire des expériences, tout le monde en fait. Dis, Charles, tu serais pas un peu jaloux, par hasard.

Charles se mit à rougir violemment et regarda Clarisse comme s'il allait la mordre.

— Nan mais jaloux de quoi ? De ce minable ? Ça va pas ! Et puis pourquoi, d'abord...

Jeanne était de l'avis de Clarisse. Elles en avaient même déjà parlé. Charles était susceptible et parfois assez exclusif, et le fait qu'elles trouvent Achille sympa ne devait pas lui plaire du tout. Mais elle adorait son ami d'enfance et changea de conversation.

— Eh ! Vous savez quoi, j'ai une idée : ça vous dirait de venir voir mes Astrandes ? Ils sont super cool !

— Mouais, mais vu ce que tu nous as raconté sur l'autre, là... le méchant...

— Le Neutrande ?

— Oui, c'est ça ! Eh ben ça donne pas tellement envie d'y aller.

— Non mais t'inquiète, Charles, il ne sort plus du tout. Il se contente d'affaiblir mon mur, mais Élie et Sasha avec les Maîtres sont là pour refaire ce qu'il défait.

— T'es sûre qu'on ne risque rien, lança Clarisse, pas très rassurée.

— Ouais, je t'assure. Et puis, si quelqu'un risque quelque chose dans cette histoire, c'est moi, c'est pas vous.

— Ben ça ne nous rassure pas plus, hein ? Rappelle-toi qu'on a signé le serment des Sentinelles et qu'on doit se protéger mutuellement.

— Justement. J'ai besoin d'aller dans mon Laboratoire. Rébellion est à une réunion, alors ça serait sympa que vous veniez avec moi.

De mauvaise grâce, Clarisse et Charles la suivirent jusque dans son Laboratoire. En règle générale, ils aimaient aller dans ce grand espace magique, mais là ils n'étaient plus très sûrs que ce soit une bonne idée.

Arrivée dans la grande pièce principale, Jeanne appela :

— Astrandes, Astrandes ! Vous venez me voir, j'ai des personnes à vous présenter ! Élie, Sasha… Vous venez ?

En quelques secondes, les deux Astrandes se matérialisèrent devant les trois amis. Charles, la bouche grande ouverte, n'en revenait pas.

— C'est… C'est ça des Astrandes ? On dirait des petits toi, mais en moins… euh… normaux.

— Ouaip ! Je vous présente Élie et Sasha ! Élie et Sasha, je vous présente mes meilleurs amis, Clarisse et Charles.

— Avant les politesses, on a des trucs à te dire…
— … notre rapport à faire…
— … sur Swann…
— Élie et Sasha au rapport !
— Oui, et alors, il dit quoi, votre rapport ? s'impatienta Jeanne.
— Rien…
— … de rien…
— Comment ça ?
— Ben on n'a pas vu Swann…
— … et on a juste beaucoup ri pour colmater…
— … d'éventuelles brèches.
— Et vous êtes sûrs que ça a marché ? fit la jeune sorcière, inquiète.
— Jamais…
— … sûrs…
— … de…
— … rien…
— Euh… ils parlent toujours comme ça ? demanda Charles, les yeux écarquillés.
— Oui, c'est bizarre, convint Clarisse.
— Bon, alors, les Astrandes, vous saluez nos invités ?
— Ah oui, les…
— … invités !
Ils se penchèrent alors pour faire une profonde révérence en ricanant et en se donnant des coups de coude.
— Bonjour, Charisse !
— Bonjour, Clare !
— Non, CLARISSE et CHARLES, s'agaça le jeune garçon.

— Ahhh ! Clarisse…

— … Charles.

Ils se penchèrent à nouveau en faisant des grands moulins avec leur bras droit.

— Euh… On doit aussi faire la révérence ? s'inquiéta Clarisse.

— Ben… J'en sais rien. Mais il ne vaut mieux pas les vexer.

Charles eut un mouvement de recul.

— Faire la révérence, mais t'es pas bien nette ! J'ai jamais fait ça de ma vie.

— Y a un début à tout…

— Allez, allez ! Nous on l'a bien fait !

— Oui, mais vous, vous êtes des… enfin… des filles, quoi !

— C'est minable, Charles… s'empressa de dire Clarisse.

— Ouais, et puis c'est faux.

— On n'est pas des filles !

— Remarque, on n'est pas des garçons non plus.

— Ben vous êtes quoi, alors ?

Les deux petits personnages s'écrièrent d'une seule et même voix :

— Des Astrandes…

Clarisse sourit et fit une jolie révérence.

— Eh bien, bonjour, chers Astrandes.

— Oui, oui, bonjour, les Astrandes, fit Charles en se penchant à angle droit comme les Japonais.

— J'adore ta…

— … révérence, Charles.

Un bruit provenant de derrière eux les fit sursauter.

Traversant les murs, une bulle aux reflets argentés et verts s'approcha de Jeanne. La bulle éclata, et un morceau de papier plié en deux atterrit doucement dans la main de la jeune sorcière, qui le déplia.

— Elle est chouette, la Poste, chez toi ! fit Charles, qui montrait aux Astrandes, curieux, comment les Japonais saluaient en s'inclinant.

— C'est quoi ? demanda Clarisse.

— Une invitation, regardez.

Invitation

Nyx, Iris et Phoebe te convient à une grande chasse au trésor dans la Classe-Mars.

Demain à la tombée de la nuit (en tenue de sport).

— Cool ! On peut pas la faire, nous, la chasse au trésor ? J'adore ça.

— Ben tu sais bien que non, Charles, répondit Clarisse avec une petite pointe de regret.

— Si ça peut vous consoler…

— … nous non plus on pourra pas la faire…

— … la chasse…

— … au trésor !

Charles s'approcha des Astrandes et posa chacune de ses mains sur leurs têtes.

— Vous êtes gentils, les amis.

— Non ! Ne dis surtout pas ça !

— Ne dis pas quoi, Jeanne ?

— Le mot que tu viens de dire !

— Quoi, lequel ? GENTIL ? AMI ?

Au même moment, les murs se mirent à trembler, et une épaisse fumée envahit le Laboratoire. Une voix forte et grave retentit et résonna dans tout l'espace.

— Je vous ai dit de ne pas m'appeler VOTRE AMIIIIII !

Clarisse empoigna Charles, qui lâcha les Astrandes . Ces derniers partirent dans tous les sens.

— Ah non ! Ça…

— … recommence !

Jeanne attrapa ses deux camarades par le bras et les entraîna vers la porte de sortie tandis que les Astrandes tentaient d'y voir quelque chose dans toute cette fumée. Ils crièrent à l'attention des trois jeunes :

— Allez-vous-en !

— Vite !

— On s'en…

— … occupe !

Mais le Neutrande fut plus rapide et, surgissant comme un diable de son écran de fumée, il s'interposa entre les enfants et la porte de sortie. Il avait encore changé. Son corps était maigre et sec ; sa peau était granuleuse et même par endroits écailleuse ; les boutons s'étaient transformés en pustules ; ses cheveux dressés autour de sa tête et ses yeux étirés injectés de sang lui donnaient l'air d'un fou ; à la place des petites mains potelées des Astrandes, ses doigts osseux et déformés se terminaient par des griffes noires ; on aurait dit qu'à la place des pieds il avait des sabots ; de sa bouche sortait une langue effilée, comme celle des serpents.

— Vous croyez m'échapper, sales gosses ! vociféra-t-il de son horrible voix.

— Mais on n'est pas des sales gosses, espèce de brute ! cria Clarisse, hors d'elle.

— Clarisse, ne l'énerve pas, supplia Charles en la tirant dans l'autre sens.

— Séparons-nous ! hurla Jeanne tandis que les Astrandes tentaient de s'accrocher aux jambes du Neutrande pour le ralentir. Mais ce dernier était extrêmement vivace, se déplaçait à toute vitesse, regardait partout à la fois tout en sifflant et en grognant.

La jeune sorcière chercha autour d'elle quelque chose qui pourrait lui servir d'arme contre le monstre quand elle se rappela qu'elle avait sa télétoile pour appeler à l'aide. Elle appuya désespérément dessus alors que le Neutrande s'était mis en tête d'attraper Clarisse, qui courait comme une folle dans tous les sens. Charles attrapa des livres et commença à le bombarder tandis qu'Élie et Sasha tiraient sur ses vêtements, ses cheveux, ses bras…

D'un coup, Fin-Galad, Saragan, Nennvial, Pétronille et Azalée apparurent. Elles s'approchèrent du monstre, tendant vers lui leur main gauche. Les cinq anneaux qu'elles portaient à l'index se mirent à briller d'une lumière intense, projetant face à elles des rayons aveuglants, mais la petite créature évitait la lumière avec une rapidité incroyable, sautait, grimpait au mur, menaçait à nouveau les enfants.

— Sortez vite ! leur hurla Nennvial.

Jeanne attrapa ses deux amis par la taille, les poussant littéralement vers la porte. La dernière chose qu'ils entendirent avant de quitter la pièce précipitamment, ce fut la voix forte de Fin-Galad :

— Notre force, ce sont nos pouvoirs, mais aussi notre complicité, déclama-t-elle. Que les anneaux de la concorde te renvoient dans ton antre, Neutrande !

Un cri horrible emplit la pièce… Mais les trois amis étaient déjà loin, se demandant si les Maîtres et les Astrandes allaient réussir à repousser Swann. Jeanne, les larmes aux yeux, croisa les doigts.

Qu'est-ce que ce pauvre Swann était devenu ?

C'était vraiment terrible.

Assis par terre sur la pelouse du jardin, Charles et Clarisse, très pâles, reprenaient leur souffle.

— Non mais il est dingue, ce Neutruc !

Jeanne se laissa tomber à côté de ses amis.

— Vous avez vu comme il est devenu monstrueux ?

Charles se frotta les yeux.

— Ah ! Bah ça pour avoir vu, on a vu ! Il a surgi comme un malade de son espèce de fumée, là, comme dans un concert de rock.

Clarisse eut un sourire, mais ses yeux trahissaient sa peur.

— Ouais, sauf que c'est pas un chanteur de rock, et il a l'air super dangereux. Heureusement que les Maîtres sont arrivées, parce que tes petits Astrandes n'auraient jamais réussi à le maîtriser.

— Non, c'est sûr, fit Jeanne, pensive. Et dire que normalement Swann est leur... frère... ou sœur, enfin ils étaient inséparables, quoi ! Ils doivent être drôlement tristes de le voir devenu aussi terrifiant.

Jeanne n'arrêtait pas de penser à Élie et Sasha. Elle avait peur qu'ils soient blessés. Elle ne savait pas de quoi le Neutrande était capable, et cela l'inquiétait beaucoup. Elle espérait que tout allait bien pour tout le monde, en bas, dans son Laboratoire devenu un vrai champ de bataille.

Elle fit part de son inquiétude à ses amis. Clarisse tenta de la rassurer :

— Tu sais, les Maîtres sont fortes. Elles vont réussir à le maîtriser. Et puis, si tes petits Astrandes sont blessés, j'imagine que ce n'est pas trop dur, pour des sorciers, de les soigner.

— Oui, tu as raison. J'espère, j'espère, j'espère…

Charles avait repris des couleurs, et la peur fit place à la colère.

— Mais enfin, y a pas moyen de le virer définitivement de ton Laboratoire, le truc ? Tu vas pas passer ton temps à flipper à chaque fois que t'y vas, quand même.

La jeune sorcière y avait bien pensé, mais Rébellion lui avait répondu que, en l'état actuel de leurs connaissances, les Astrandes – et donc probablement les Neutrandes aussi – ne pouvaient pas vivre ailleurs qu'autour du Laboratoire. Azalée avait été mise sur ce dossier et en cherchait plus sur les Neutrandes, mais il manquait cruellement d'informations. Charles reprit :

— T'es sûre que c'est pas ce bidule qui te rend malade ? Il t'aurait pas griffée, mordue ou je sais pas quoi qui t'aurait refilé un microbe ou un virus ? Tu sais, comme dans les films ?

— Je ne suis pas malade, Charles. Juste fatiguée, parfois. Et puis non, jamais le Neutrande ne m'a mordue ou griffée. J'en suis sûre.

— Bon ben tant mieux… Mais faut quand même que tu trouves pourquoi t'es épuisée comme ça.

Jeanne, qui ne voulait jamais inquiéter personne avec ses problèmes, et surtout pas ses amis, se redressa.

— Non mais vous savez, ça va beaucoup mieux depuis

que je me suis approchée de la Source.

— Faudrait que t'aies une petite Source portable toujours sur toi, alors.

Soudain, sous le coup de l'énervement, de la peur, du soulagement… les trois enfants partirent d'un énorme fou rire, se renversant dans l'herbe chaude de cette belle fin d'après-midi ensoleillée. Ils rirent sans pouvoir se parler pendant cinq minutes et, chaque fois qu'ils essayaient de reprendre leur sérieux, se remettaient à pouffer, et le fou rire repartait de plus belle. Au bout d'un moment, Charles s'essuya les yeux avec sa manche et dit entre deux hoquets :

— Ah ça, c'est pas avec ce cafard d'Achille que vous pourriez rigoler comme ça, hein ?

— Ouais, t'as raison, Charles.

— T'es le meilleur pour nous faire rire.

— J'espère bien. Tiens, vous connaissez l'histoire de…

— Ah non ! Tu vas pas recommencer avec tes histoires nulles.

— Ben vous venez de dire que je vous faisais rire. Et puis, elles sont pas nulles, mes blagues.

Malgré les protestations des filles, Charles se lança en faisant de grands gestes :

— *C'est Clarisse qui va voir sa copine Jeanne à l'hôpital, pleine de bandages.*

— Oh non ! Pas celle-là ! On la connaît par cœur !

Ce qui n'empêcha pas Charles de continuer puisque les filles recommençaient à ricaner :

— *Alors, donc, c'est Clarisse qui va voir sa copine Jeanne à l'hôpital et lui demande :*

« Qu'est-ce qui t'es arrivé ?

« Jeanne répond :

« — J'ai été renversée par un vélo.

« — Pas possible, comment t'as fait ?

« — Attends, c'est pas fini ! J'ai été écrasée par une moto, puis une voiture décapotable, puis un avion, et pour finir par une soucoupe volante !

« — Mais tu racontes n'importe quoi !

« — Je te jure ! Et, si tu ne me crois pas, t'as qu'à demander au patron du manège !

Même si elles la connaissaient par cœur, les deux filles éclatèrent à nouveau de rire, ce qui encouragea Charles à continuer. Ils passèrent ainsi un bon moment, oubliant presque ce qui venait de leur arriver. Mais ce fut de courte durée.

— Regardez, fit Clarisse entre deux fous rires, y a Rébellion qui arrive.

La chatte arrivait vers eux au petit trot, ce qui stoppa net le rire des enfants. Jeanne eut un pincement au cœur, espérant que tout allait bien dans son Laboratoire. À son grand soulagement, elle fut tout de suite rassurée par Rébellion.

— Ne t'inquiète pas. Tout le monde s'y est mis, en bas, pour repousser le Neutrande et, malgré ses pouvoirs qui semblent s'être renforcés, on a réussi à le renvoyer dans son mur. De toute façon, ce qu'il veut, c'est ça : rester dans son antre à fragiliser les failles des murs du Laboratoire. Je ne suis pas sûre qu'il soit très à l'aise quand il sort.

— Ouais, enfin bon, il était quand même bien agressif, tout à l'heure.

— Et puis moche, en plus.

— Et comment vont Élie et Sasha ? s'inquiéta la jeune sorcière.

— Ils vont bien. Ils ont été un peu sonnés, mais ils sont costauds, ne te fais pas de soucis pour eux. Je crois que ce qui les chagrine le plus, c'est de voir ce que Swann est devenu.

— Pauvre petit Swann… Moi aussi ça me fait de la peine. Il était si mignon. En fait, c'est pas vraiment de sa faute, tout ça. Avant, c'était un adorable Astrande, et j'ai bien peur que ce soit à cause de moi que…

— Non, Jeanne, la coupa sèchement le Maître-Chat, rien n'est de ta faute ! Arrête de penser ça. Et puis nous allons trouver une solution. Ça prend du temps, c'est vrai, mais je t'assure qu'on va trouver.

— Fais-leur confiance, dit doucement Clarisse. Ce qui arrive t'échappe, tu n'y es pour rien.

— Ben ouais, continua Charles. On te connaît, Jeanne, et on sait que jamais tu n'aurais voulu un truc pareil. Alors garde ton énergie et ta bonne humeur pour combattre ces trucs-là.

Jeanne se leva. Le soleil était bas sur l'horizon et éclairait la forêt proche d'une douce lumière qui la rendit encore plus nostalgique. Justement, de l'énergie, elle n'en avait plus. La fatigue la rattrapa d'un coup, et elle se sentit terriblement faible. Ne voulant toujours rien montrer, elle se tourna vers ses amis avec un grand sourire.

— Vous avez raison ! Allez, en tout cas, ça avait mal commencé, mais on a passé une bonne fin de journée. Je dois rentrer aider ma mère pour le repas.

Les trois amis se séparèrent, et la jeune sorcière rentra doucement avec Rébellion dans sa maison. Sa tête tournait un peu, mais elle essaya de faire bonne figure. Malgré tous ses efforts pour rester avec sa mère, elle fut obligée de se coucher tôt. Elle se sentait complètement vidée.

Le lendemain soir, Jeanne arriva dans son Laboratoire pour se rendre dans la Classe-Mars. Avant de passer le miroir qui menait dans le bureau de Pétronille et Azalée, elle regarda attentivement son reflet : elle avait maigri, elle était très pâle, ses joues étaient creusées et de grands cernes noirs soulignaient ses yeux gris. Se rappelant que, pendant sa préparation, elle avait travaillé sur un élixir qui boostait l'énergie, elle redescendit de la mezzanine et se dirigea vers une étagère où étaient disposées plusieurs fioles qu'elle avait elle-même remplies de potions diverses. Ça avait été un de ses entraînements, quand Rébellion l'aidait à réactiver son instinct en lui faisant faire un exercice par jour. Jeanne sourit à ce souvenir, puis trouva la fiole qu'elle cherchait. Elle avait noté la composition sur une large étiquette blanche :

40 grammes de ginseng
10 grammes d'aubépine
10 grammes de coquelicot
20 grammes de poudre de maca
15 grammes de baies de goji pilées

D'autres ingrédients avaient été ajoutés en très petite quantité, et elle avait finalisé son élixir par une formule magique dont elle n'arrivait plus à se souvenir. Mais ce n'était pas important. La mixture était là, prête à l'emploi, et allait lui redonner un bon coup de fouet pour être en forme pendant la chasse au trésor avec ses amis de la Classe-Mars.

Elle en but une grande cuillère à soupe et attendit un peu. En effet, quelques minutes après, elle se sentit mieux. Ce n'était pas encore parfait, mais ça irait. Elle trouva une fiole plus petite et la remplit d'un peu d'élixir, au cas où elle en aurait besoin pendant la soirée, puis elle retourna dans la mezzanine, passa au travers du miroir et rejoignit la Classe-Mars.

Les autres élèves étaient déjà arrivés, prêts pour la chasse au trésor. Tout le monde était en tenue de sport, mais Jeanne fit sensation car elle avait mis son nouveau survêtement bleu pétrole avec une inscription sur le sweat-shirt :

J'peux pas, j'ai leçon de sorcellerie

Elle avait trouvé ça sur Internet et supplié sa mère de le lui acheter : la coïncidence était trop géniale.

Tous ses camarades se précipitèrent pour regarder le magnifique sweat, certains demandant à Jeanne si ça la dérangeait qu'ils s'achètent le même.

— Non, y a plein de couleurs différentes. Et ça serait marrant qu'on ait le même logo dans la Classe-Mars.

— Moi ça me brancherait de l'avoir en rouge, fit Brune, qui était bien décidée à se l'acheter.

Nyx, Iris et Phoebe entrèrent à ce moment-là dans la salle. C'est Phoebe qui expliqua comment la chasse au trésor allait se passer :

— La chasse au trésor va se dérouler dans l'espace de récréation. J'espère que vous êtes prêts ?

Tous approuvèrent. Iris reprit :

— Je vous rappelle qu'une des bases de notre pédagogie,

c'est principalement la connivence, la camaraderie, l'entente. Afin de développer ces qualités, et bien d'autres d'ailleurs, nous organiserons régulièrement des jeux collectifs.

Phoebe fit un tour en volant au-dessus des élèves. Jeanne ressentit l'air frais qui provenait du battement des ailes du corbeau. L'élixir continuait à faire de l'effet, et, si elle n'était pas en grande forme, au moins elle n'était pas épuisée comme cela lui arrivait de plus en plus souvent.

Nyx fit un grand geste avec l'une de ses ailes, et onze petits papiers s'en échappèrent. Ils allèrent se poser devant Iris et Phoebe, qui s'étaient postées sur le bureau.

— Pour commencer, nous tirons au sort les deux équipes. C'est plus simple et équitable de faire ainsi.

Iris lut les papiers qu'elle avait devant elle :

— Alors l'équipe numéro 1 est composée de Farah, Albine, Arthur, Céleste et Jules.

À son tour, Phoebe appela les autres équipiers :

— Et donc, dans l'équipe numéro 2, il y a Jeanne, Manel, Brune, Rabah, Elias et Victoria.

Jeanne était contente d'être avec Brune, avec qui elle s'entendait de mieux en mieux. Mais, sans vraiment se l'avouer, elle était aussi contente d'être avec Manel, dont elle appréciait la personnalité originale.

— Bien, déclara Nyx en se posant devant eux. Je vous explique le principe : vous allez avoir une feuille de route sur laquelle sont expliquées les épreuves que vous allez passer. Des épreuves sportives, des épreuves d'habileté et des épreuves de réflexion. Ces jeux demandent un fort esprit d'équipe pour réussir.

— Ah, chouette ! Et le premier gagne quoi ? demanda Elias, enthousiaste.

— Il n'y aura pas de premier.

Les jeunes se regardèrent sans comprendre.

— Comment ça, pas de premier ? voulut comprendre Victoria.

— Vous ne pouvez pas faire de votre mieux sans qu'il y ait de classement ? questionna Nyx. Demandez-vous pourquoi. C'est un jeu qui va développer chez vous des compétences précises, des aptitudes. Et notamment l'esprit d'équipe et d'entraide. Ce n'est pas une compétition : chaque équipe doit faire son maximum pour réussir. Et si les deux équipes réussissent, que demander de plus ?

Les onze jeunes sorciers fixaient le grand corbeau, interloqués. C'est Brune qui prit la parole la première :

— Moi, ça me va. Yen a marre de se battre pour faire mieux que les autres, alors que ce qui est important c'est de faire mieux que soi-même d'une fois sur l'autre.

— Et pas contre l'autre, mais *avec* l'aide des autres, compléta Jeanne.

— Bravo, vous avez parfaitement compris l'esprit de ce que nous faisons ici, dit Nyx, satisfaite. En revanche, vous allez devoir vous battre contre… le temps. Vous avez une heure trente pour tout faire. Vous êtes prêts ?

Les autres n'eurent pas le temps de discuter sur la notion de compétition. Iris leur montra le paquet de feuilles qui se trouvait sur le bureau. Elle donna le top de départ, et chaque équipe se précipita pour prendre les indications de son groupe.

— Oh ben c'est juste un plan qui nous donne le parcours à suivre, remarqua Rabah en lisant la grande feuille qu'il venait de prendre. Il faut aller par là.

Les deux équipes se dirigèrent vers l'espace de récréation.

Là, elles bifurquèrent dans des directions différentes. Des petits dessins leur indiquaient la direction à prendre, entre les troncs, les meubles, les lianes, les pots de plantes, et tous les objets qui traînaient toujours dans cet endroit et qui composaient leur chemin. Phoebe les suivait, s'élevant parfois plus haut pour avoir une vue d'ensemble.

Ils arrivèrent devant une table sur laquelle était posé du matériel. Phoebe s'y posa et expliqua :

— Voilà votre première épreuve : la mémoire. Je vais vous montrer un tableau contenant les images d'une cinquantaine d'objets. Au bout d'une minute, je cache le tableau, et vous devez m'en citer le plus possible. Si vous atteignez plus de vingt bonnes réponses, je vous donnerai la première énigme.

— Je suis nul en jeu de memory, souffla Elias à ses camarades.

— Ouais ben tu vas faire un effort, grinça Manel. Faut pas faire perdre l'équipe.

— Attendez, leur dit Jeanne, qui venait de réfléchir à quelque chose, on pourrait…

— On n'a pas le temps, la coupa Rabah.

— On prend juste le temps de mettre au point une stratégie. Le temps perdu maintenant, on le rattrapera pendant le jeu si on est bien organisé, je t'assure.

— Je suis d'accord avec Jeanne, fit Brune.

Les autres acquiescèrent, et Jeanne expliqua son idée.

— On se partage le tableau. Toi, Manel, tu retiens cinq images dans le coin en haut à gauche. Toi, Brune, pareil dans le coin en haut à droite. Rabah en bas à gauche, Elias en bas à droite, Victoria dans le centre gauche, et moi dans le centre droit. Ça vous va ?

— Ouais ! Génial ! s'enthousiasma Elias. Phoebe, on est prêts.

La technique de Jeanne marcha impeccablement, et, à part Elias qui eut un raté, tout le monde avait retenu ses cinq images. L'équipe totalisait vingt-neuf points, et Phoebe leur donna la première énigme.

Énigme 1

Elle est utile dans la maison,
indispensable sous le capot de la voiture,
mais on est souvent mécontent
quand on en a beaucoup à éteindre.

— Vous voyez ce que ça peut être, vous ?

— Chacun répéta plusieurs fois l'énigme, se concentrant, mais comme personne ne trouvait Brune les pressa :

— Bon, on réfléchit en marchant parce que sinon on perd trop de temps.

Ils continuèrent leur route en suivant les indications. Ils s'enfonçaient dans l'espace et n'en revenaient pas d'avoir une *cour de récréation* aussi vaste. Peut-être même… infinie ! Phoebe les fit s'arrêter à un nouvel endroit.

— La deuxième épreuve va tester votre habileté, fit le corbeau. Ce nouveau jeu s'appelle le parcours aveugle. Trois d'entre vous vont se mettre sur le départ, là, et on va leur bander les yeux. Ils devront suivre un parcours jusqu'à la ligne d'arrivée sans jamais sortir du chemin. Bien sûr, le parcours est semé d'embûches…

— Bien sûr… se renfrogna Elias.

— Ça me rappelle la kermesse de la maternelle, sourit Victoria.

— Mais c'est super dur, se plaignit Rabah. Jeanne, t'as pas encore une idée ?

— Comme seulement trois d'entre nous le font, intervint Manel, je pense que les trois autres doivent guider ceux qui ont le bandeau.

— Ben ouais, c'est tout simple. On se met par deux : un qui fait l'aveugle, et l'autre qui guide.

— Ce que chaque binôme doit avoir aussi, c'est un code pour bien se comprendre. On se met vite par deux ?

Très rapidement, car le chronomètre continuait à tourner, les enfants formèrent trois groupes de deux. Jeanne et Brune étaient ensemble et décidèrent toutes les deux du code pour que l'une dirige efficacement l'autre. Quand ce fut fait, Jeanne banda les yeux de Brune, et Phoebe donna le top de départ. Les embûches étaient nombreuses : mettre les pieds dans des cerceaux, éviter des pierres, lutter contre le vent d'un énorme ventilateur, passer sur un banc, prendre des tournants à quatre-vingt-dix degrés… Tout en dirigeant son amie, Jeanne jetait un œil aux autres équipes, et tout avait l'air de bien se passer. Au final, les trois *aveugles* parvinrent sans problème sur la ligne d'arrivée, et Phoebe leur remit leur deuxième énigme :

Énigme 2

Elle fait des tours mais n'est pas magicienne,
elle aime le sol, mais, si elle le touche,
elle n'est plus d'aucune utilité.

— Je sais, s'écria Jeanne, c'est la clé !

— Mais oui, expliqua Manel. On dit qu'on « donne un tour de *clé* », et puis « la *clé* de sol », en musique, mais si elle touche le sol, c'est-à-dire si elle tombe par terre, elle ne sert à rien.

— Ah ouais, rusé ! C'est cool, on a la réponse à une énigme.

Victoria, qui était toujours posée et raisonnable, semblait bien plus énervée que d'habitude. Elle s'exclama en repartant d'un pas décidé :

— Ouais, mais yen a d'autres, plus les épreuves. Faut pas perdre de temps, on repart, vite.

La troisième épreuve était une épreuve sportive assez simple : un relais devait s'effectuer sur une piste de course qui serpentait entre les arbres de l'espace de récréation et revenait à son point de départ. Tous les cinquante mètres, il y avait passage de témoin au jeune suivant.

— Tout cela en un temps très limité, comme d'habitude, précisa Phoebe.

— Là, fit Brune, le truc c'est qu'il faut qu'on ait un passage de témoin parfait.

— Oui, dit Phoebe. Parce que, si le témoin tombe, vous recommencez tout… Et vous n'aurez la troisième énigme que si vous êtes en dessous du temps demandé.

D'un commun accord, les six jeunes répétèrent plusieurs fois comment ils allaient se passer le témoin, organisèrent la course pour faire partir les plus lents au début et les plus rapides à la fin, et se donnèrent du courage en se tapant dans la main avec entrain. Malgré Victoria, qui n'était vraiment pas sportive et ne courait pas très vite, mais que les autres avaient boostée à fond, le relais fut effectué dans les temps, et ils reçurent leur troisième énigme :

> *Énigme 3*
>
> *Il ne mord jamais malgré ses nombreuses dents,*
> *on s'en donne un coup pour être beau.*

— Ben alors là, je vois pas, fit Victoria en jouant avec ses nattes rousses.

— Mais oui, fit soudain Rabah en regardant les cheveux de la jeune fille. Les cheveux !

— Quoi, les cheveux ? demanda Victoria.

— Avec quoi tu brosses tes cheveux ?

— Ben avec une brosse.

— Euh… non, je veux dire : avec quoi tu les peignes ?

— J'en ai trop, j'arriverais jamais à passer le… LE PEIGNE ! s'écria-t-elle comme si elle avait eu une illumination soudaine.

— Eh oui, le peigne ! Il a des dents, mais il ne mord pas, et on s'en sert pour se repeigner et être beau !

— Bravo tous les deux ! s'exclama Brune avant de faire signe à toute l'équipe de repartir au plus vite.

La petite troupe reprit le chemin en courant presque, consciente que le temps passait drôlement vite. Discrètement, alors qu'elle traînait difficilement derrière les autres, Jeanne sortit sa petite fiole et but quelques gouttes de son élixir d'énergie. Elle n'en sentait plus les effets depuis quelques minutes, surtout avec la course où elle s'était donnée à fond, et avait besoin de se booster à nouveau.

Ils arrivèrent à l'entrée du fameux labyrinthe.

— Ah non ! Pas ça ! fit Rabah. Avec Arthur, on a failli jamais en sortir.

— Et si, dit Phoebe avec un petit ricanement amusé, le labyrinthe. Vous allez devoir en trouver le centre, prendre la quatrième énigme qui s'y trouve, et revenir.

— On doit tous y aller ?

— C'est à vous de décider. Vous devez rapporter l'énigme. Comment ? C'est à vous de vous organiser.

— Si on y va tous, on multiplie les chances de trouver l'énigme, fit Victoria.

— Oui mais, si certains restent à l'entrée, ils feront comme Ariane, en aidant ceux qui sont entrés à en ressortir.

— Ariane ? Y a pas d'Ariane dans la Classe-Mars, s'étonna Elias. C'est qui, celle-là ? Une copine à toi ?

— Pfff ! Elias ! Ariane, c'est elle qui a donné du fil à Thésée pour qu'il se sorte du labyrinthe du Minotaure dans la mythologie, idiot.

Elias se frappa le front.

— Mais bien sûr, je le savais…

— Bon alors, reprit Jeanne, comment on s'organise ?

— Moi je pense qu'un seul d'entre nous doit y aller, répliqua Manel. Lequel se souvient le mieux de ce qu'on a vu quand on a fait l'expérience des corbeaux ?

— Quand on a survolé le labyrinthe ?

— Ouais.

— Ben moi, j'ai bien regardé, mais… non, en fait, je ne suis pas très sûr de moi.

Les autres fixèrent Elias avec étonnement. Contrairement à son habitude, il avait eu l'honnêteté d'avouer qu'il ne se sentait pas capable de faire quelque chose, et c'était très courageux de sa part.

— Écoutez, c'est pas pour me vanter, intervint Rabah, mais j'ai souvent fait des courses d'orientation. Je me débrouille pas trop mal. Je ne vous promets rien, bien sûr, mais je crois que je peux essayer.

— C'est OK pour moi, approuva Manel.

Tout le monde fut d'accord, et, après avoir trouvé de la ficelle dans un des nombreux coffres de jeux qui parsemaient l'espace de récréation, Rabah s'enfonça dans le labyrinthe en dévidant la bobine de fil que tenait Jeanne. Au bout de quelques minutes qui leur parurent des heures, alors que tout le monde retenait son souffle, ils eurent la bonne surprise de voir revenir leur ami avec un papier plié en quatre et poussèrent un grand cri de soulagement. Elias fit même une grande accolade à Rabah tandis que Brune lisait l'énigme tout haut :

Énigme 4

Arrache-moi, griffe ma tête,
et du rouge viendra le noir.

— ALLUMETTE ! hurla Brune, ce qui fit sursauter tout le monde.

— Hein ? Tu sais pas qu'on ne doit pas jouer avec le feu, répondit Elias sans comprendre.

— Non, la réponse à l'énigme, c'est « allumette », je te dis.

— Mais ouais, reconnut Jules, on l'arrache du carton, on lui griffe la tête, et le rouge devient noir en brûlant ! Ouais, c'est cool, on a trois réponses.

— OK, fit Jeanne, mais on n'a plus de temps à perdre, il ne reste que quinze minutes, et y a encore une épreuve à passer.

Ils suivirent Phoebe sur le chemin et arrivèrent au bout de quelques minutes devant une cabane peinte en bleu nuit et décorée de dizaines d'étoiles. Phoebe leur proposa d'entrer à l'intérieur, qui était décoré de la même façon que l'extérieur.

— Dernière épreuve, et pas la moindre, une épreuve de magie.

Elias protesta :

— Aaahh ! Mais on n'est que des apprentis, on sait pas encore bien faire des tours et des bidules…

— Si on vous le fait faire, c'est qu'on sait que vous en êtes capables, voyons. Vous allez donc devoir faire apparaître une… étoile.

Consternation parmi les jeunes sorciers. Jamais il ne leur avait été demandé de faire apparaître une étoile dans leurs entraînements, et personne ne savait comment faire. Ils commencèrent, chacun dans son coin, à dire des formules, à appuyer sur leur Focus, à chercher un sort qui transformerait le voisin en étoile, sans succès.

— On n'y arrivera pas, se plaignit Victoria.

Jeanne se mit à réfléchir. Elle s'adressa à Brune et Manel, qui étaient près d'elle.

— En tout cas, on n'y arrivera pas comme ça.

— Bah alors comment ?

— Écoutez, je pense qu'on doit se mettre ensemble. Vous vous souvenez, c'est notre esprit de groupe qui nous donne la force. On se tient la main, on joint l'autre, celle avec nos anneaux de sorcier, et puis… je crois qu'on doit penser très fort à notre propre étoile. Vous en pensez quoi ?

— J'en pense qu'il faut essayer, répondit Manel en lui prenant la main.

Ils firent un cercle, exécutant ce que Jeanne avait proposé, et levèrent ensemble leurs index qui portaient l'anneau de sorcier. Puis chacun se concentra en pensant à sa bonne étoile. Il ne fallut pas longtemps pour que retentisse le chant mélodieux des astres protecteurs et pour qu'apparaisse au-dessus du groupe l'image scintillante d'une magnifique étoile.

Quelques instants plus tard, ils relâchèrent leur pression, l'étoile disparut lentement, et Phoebe leur donna la dernière énigme :

Énigme 5

On peut parfois en vivre, elle reste légère
même si on la compare souvent au plomb,
mais, si elle nous tient trop chaud,
ce n'est pas bon signe.

— La plume, lança calmement Manel. La plume qui sert à écrire…

— Et on compare souvent un kilo de plume et un kilo de plomb, ajouta Victoria.

— Et avoir chaud aux plumes, c'est mauvais signe, fit Rabah en riant.

— Chouette, conclut Elias, on a quatre énigmes sur cinq. On fait quoi, maintenant ?

Phoebe les ramena au départ, là où se trouvait

maintenant un coffre noir, et demanda à Manel de l'ouvrir. Dedans, des dizaines et des dizaines d'objets de tout genre étaient entassés.

— C'est là que vous allez trouver vos objets parmi de nombreux autres. Toutes les énigmes ont été trouvées ?

— Ben non, il nous manque toujours la première, râla Elias.

— Vous n'avez plus que quelques minutes, dépêchez-vous, ajouta le corbeau.

— Tant pis, fit Brune en se précipitant sur le coffre. On cherche les autres, et peut-être qu'en voyant celui qui nous manque ça nous sautera aux yeux ?

Les six jeunes se mirent à fouiller le coffre.

— J'ai la plume, hurla Manel.

— Et moi la clé, fit Jeanne, les joues rougies par l'énervement.

— Une boîte d'allumettes, là, crièrent en même temps Victoria et Brune.

— Voilà celui qui a des dents, mais ne mord pas, dit Rabah en riant, et sortant du coffre un magnifique peigne en corne.

Soudain, Elias poussa un cri phénoménal :

— Regardez ! Regardez ! Là ! C'est… Yen a dans la maison pour nous éclairer, sous le capot de la voiture, et quand on en souffle beaucoup on n'est pas content, parce que ça veut dire qu'on vieillit : UNE BOUGIE !

Les cinq jeunes sorciers entourèrent leur ami, se prenant tous par les épaules.

Au même instant, une cloche retentit : le temps était achevé, et l'équipe avait accompli sa mission.

Quand Jeanne rentra dans sa maison, sa mère dormait déjà, pensant que sa fille était au lit depuis longtemps. Même si elle était épuisée, elle était contente d'avoir participé à la chasse au trésor. Les deux équipes avaient réussi toutes les épreuves dans les temps, et les jeunes s'étaient félicités, non seulement d'avoir gagné, mais aussi d'avoir trouvé des stratégies pour parvenir à leur fin, en coopérant. Les liens avec ses amis sorciers s'étaient encore renforcés, et elle en était heureuse.

Elle monta tout doucement dans sa chambre. Elle avait pris l'habitude d'être discrète et savait où se trouvaient les marches qui couinaient, le parquet qui craquait ou les portes qui grinçaient. Elle se fit légère et se retrouva dans sa chambre rapidement. La fenêtre était ouverte, et une petite brise faisait doucement voler les rideaux.

Rébellion n'était pas là, probablement occupée à chasser dans le jardin.

Jeanne alluma la lampe de sa table de nuit et allait mettre son pyjama quand son regard fut attiré par quelque chose sur son oreiller : une enveloppe violette y avait été posée en plein milieu. Comprenant immédiatement d'où elle venait – la couleur violette, qu'elle aimait tant, était maintenant irrémédiablement associée à Rameau –, elle s'empressa de l'ouvrir et de déplier la feuille – violette également – qui s'y trouvait. Elle découvrit ces mots écrits d'une écriture nerveuse, hachée et très petite, à l'encre noire :

> *Très chère Jeanne,*
>
> *Je sais comment régler le problème du Neutrande, et donc du mal qui te ronge.*
> *Si tu veux en savoir plus, rendez-vous au manoir, dans l'entrée principale, demain en fin d'après-midi.*
> *Rameau*
>
> *P-S : Pas un mot à quiconque. Juste toi et moi.*
> *Et rappelle-toi que ce n'est pas dans mon intérêt de te faire du mal… bien au contraire.*

Jeanne n'en croyait pas ses yeux. Une lettre de Rameau ! Elle tourna le papier à lettres qui dégageait une odeur d'humidité.

Tout se bousculait dans sa tête. D'abord, elle comprit que Rameau continuait à l'espionner puisqu'il semblait en savoir long sur le Neutrande et la grande fatigue qui s'était abattue sur elle juste après la transformation de Swann.

Elle analysa rapidement la situation. Cela paraissait évident que, si Rameau voulait prendre son Focus à la fin de sa formation, quand il serait à son apogée, il avait tout intérêt à ce qu'elle reste en bonne santé. Elle ne risquait donc rien à le rencontrer.

Elle se mit soudain à bâiller. Ses yeux se fermaient tout seuls, et elle se sentit envahie par une lassitude immense.

Découragée, Jeanne se prit à espérer que le Maître-Violet avait bien une solution pour que Swann redevienne le petit Astrande qu'elle aimait tant, ainsi qu'un antidote contre son mal.

Mais son instinct lui disait aussi qu'il fallait qu'elle reste sur ses gardes : Maître-Violet était et resterait Maître-Violet. Il ne fallait pas l'oublier.

Elle tourna son regard vers la fenêtre dont les rideaux bougeaient toujours. Et s'il était encore là, à regarder si elle avait bien lu son message ?

Elle alla soulever le voilage, mais il n'y avait personne. Passant alors la tête par la fenêtre, elle perçut le léger sifflement que faisait souvent Mousquette quand elle n'était pas loin. Éclairé par la lune, le petit rapace fit un magnifique piqué pour venir se poser sur l'épaule de la jeune fille, qui lui demanda :

— Salut Mousquette, tu n'as rien vu de particulier, ce soir ?

L'oiseau lui répondit par télépathie :

— Non, pourquoi tu me demandes ça ? Il aurait fallu que je voie quelque chose ?

— Non, non ! Rien de spécial. Mais, comme je m'absente souvent en ce moment, et avec cette histoire de Neutrande, je me pose toujours des questions et je préfère être encore plus prudente.

— Et tu as bien raison… Dis-moi, Jeanne, je sais que tu n'es pas tout à fait dans ton état normal, en ce moment…

Jeanne eut un geste d'énervement.

— Qui t'a dit ça ? Non, je vais bien, un peu de fatigue, c'est tout.

— Comme beaucoup d'animaux, j'ai un instinct très

développé. Et je sens bien que quelque chose ne va pas. Jeanne, écoute-moi, je pense qu'il faut en parler très sérieusement à Rébellion.

— Mais je lui ai déjà dit. Et puis, j'ai fait des analyses, et on n'a rien trouvé. Je n'ai rien, juste une fatigue passagère. Je vais vite me remettre, t'inquiète.

Un silence gênant s'installa entre elles.

— Jeanne, je continue à penser que ce n'est pas normal. Si les médecins n'ont rien trouvé dans le monde des Simples, c'est peut-être qu'il s'agit de… d'autre chose.

— Tu penses à quoi ?

— Je ne sais pas. Un sort ?

— Tu sais bien que les apprentis-sorciers sont immunisés contre les sorts…

— C'est bien ce qui me tracasse. Jeanne, promets-moi de faire quelque chose rapidement. Toi seule sais comment tu te sens. Tu dois prendre la bonne décision pour régler ce problème…

Jeanne pensa à la lettre de Rameau qu'elle avait laissée sur son lit. Oui, elle savait ce qui lui restait à faire.

— Tu as raison, je vais faire le nécessaire, je te promets. Maintenant, je voudrais aller me coucher. Merci pour ton aide, Mousquette.

Quand son veilleur fut reparti vers les hautes branches pour continuer son travail de veille, Jeanne jeta un dernier coup d'œil dans le jardin, mais aucune trace de Rameau, bien sûr. Elle ferma sa fenêtre, relut la lettre une dernière fois et la cacha sous son oreiller, puis se coucha et s'endormit immédiatement.

Quelques instants plus tard, Rébellion la rejoignit et, après avoir regardé sa jeune protégée dormir et constaté que ses cernes s'étaient encore accentuées, se coucha en rond au pied du lit, inquiète.

Malgré son épuisement, Jeanne ne dormit pas d'un bon sommeil. Elle bougea beaucoup, rêva de chasses au trésor ratées, d'étoiles noires et de corbeaux menaçants. Tout se mélangeait, comme souvent dans les rêves, d'autant qu'au-dessus de tout cela trônait l'ombre d'un rat géant aux yeux violets.

Le lendemain, la journée d'école parut interminable à Jeanne. Elle avait hâte d'être à 16 h 30 pour se rendre au manoir et voir Rameau. Elle avait augmenté les quantités de boisson énergétique, mais cela semblait ne plus faire effet. Elle n'en pouvait plus de se sentir si faible, et, comme personne ne pouvait rien pour elle, elle allait se débrouiller toute seule.

Quand enfin la fin des cours sonna, elle se précipita dehors, suivie de Charles et de Clarisse.

— Ben tu ne goûtes pas avec nous, aujourd'hui ? lui demanda son ami.

— Non, non, je suis pressée... Je... J'ai un rendez-vous avec les Maîtres et... Enfin... je ne peux pas être en retard, vous comprenez ? On se voit demain ?

Elle démarra en trombe pour ne pas avoir à trop se justifier devant ses amis : elle avait horreur de mentir, et surtout à eux.

Quand elle se fut un peu éloignée, Charles, qui s'était assis sur leur banc près de la boulangerie, se tourna vers Clarisse.

— Elle ment.

— Comment ça ?

— On se connaît depuis qu'on est petits, elle et moi. Jeanne n'a jamais su mentir, je le sais. Et là, je te dis qu'elle ment.

— T'en es sûr ?

— Archisûr.

— On la suit, alors ?

— Ouais ! Discrètement, mais ouais, on la suit.

Ils ne terminèrent même pas leur pain au chocolat et se levèrent pour emboîter discrètement le pas à leur amie. Sur un des bancs en face, Achille les regardait attentivement.

Jeanne arriva au manoir et pénétra dans l'entrée, comme convenu. Elle se rappela la première fois qu'elle était venue là, avant qu'elle et ses amis ne fassent leur quartier général au premier étage, en passant par un grand arbre extérieur. La pièce était toujours en ruine, l'escalier menant à l'étage envahi de gravats, ne permettant pas d'aller ailleurs. Elle sentit soudain une présence près d'elle et se retourna vivement. Mueraa était là. Rameau, sous sa forme de rat. Un gros rat gris aux yeux étranges, comme si plusieurs couleurs se succédaient dans son regard.

— Merci d'être venue, Jeanne. Tu ne vas pas le regretter.

La jeune fille n'aima pas du tout le ton sur lequel le rat l'accueillait. Ça sonnait faux. Ça manquait de sincérité. Mais elle avait pris sa décision et comptait bien s'y tenir, tout en restant sur ses gardes.

— J'espère, fit-elle un peu sèchement.

— Tu ne me fais pas confiance, hein ? C'est dommage, car je pense que moi seul ait les facultés pour soigner le mal qui te ronge.

— Et comment ?

— Suis-moi, je vais te montrer.

Mueraa se dirigea vers l'immense cheminée de la pièce et grimpa sur un des chenets en fonte qui avait une forme de chien. Aussitôt, le fond de la cheminée pivota, laissant place à un escalier qui descendait dans le noir.

— Il n'y a pas de lumière, remarqua Jeanne.

À peine avait-elle dit ces mots que des lumières violettes jaillirent de partout, éclairant la descente d'une lueur blafarde.

— Ça ira comme ça ?

— Je ferai avec.

Le rat prit l'escalier, invitant la jeune fille à le suivre. Jeanne hésita un moment. Son instinct en alerte l'incita à laisser quelques indices derrière elle, au cas où il lui arriverait quelque chose. Elle défit le foulard qu'elle portait autour de son cou, le laissant discrètement tomber dans l'âtre de la cheminée, à côté du chenet. Puis elle s'engagea dans la descente pendant que Mueraa, comme elle s'y attendait, refermait le passage derrière eux. Au bout d'une trentaine de marches, ils arrivèrent dans un long couloir souterrain qui lui rappela l'Entre-Deux.

— On est où, ici ? demanda-t-elle au rat qui trottait devant elle.

— Sous le manoir, pourquoi ?

— Mais où ça nous mène ?

— Tu vas bientôt le savoir.

L'animal s'arrêta devant une porte. Jeanne était essoufflée et avait mal partout, comme si elle venait de courir un marathon. Elle reprit son souffle avec difficulté, sous l'œil attentif de Mueraa, et regarda la porte qui n'avait ni poignée ni serrure, et paraissait très solide.

— Y a quoi, derrière cette porte ?

— La solution pour que ton Neutrande redevienne un Astrande… Colle ton oreille dessus et écoute.

Jeanne s'approcha de la porte et entendit des gémissements.

— Celui que tu entends gémir est le Maître des Astrandes. Lui seul peut t'aider. Il peut à nouveau transformer ton Neutrande en Astrande.

— Le Maître des Astrandes ? Les Astrandes ont un maître ? C'en est un, lui aussi ?

— Pas exactement… Verseau – c'est son nom – était un Grand-Maître. Mais aussi le plus grand spécialiste des Astrandes.

— Et il serait capable de redonner à Swann son état d'origine ?

— Oui, et de te guérir toi aussi, dans le même temps.

— Comment ça ?

— Jeanne ! Tu n'as pas remarqué que ton état et la transformation de ton Astrande en Neutrande sont liés ? Ça n'est pas arrivé au même moment ?

Jeanne réfléchit un instant. Elle ne se souvenait plus avec précision, mais c'était fort possible que son état ait commencé à se dégrader en même temps que la greffe de Swann dégénérait.

— Peut-être, oui… C'est possible. Mais, dites-moi, pourquoi il gémit comme ça ? Et pourquoi il est derrière cette porte ? Et qu'est-ce que je viens faire là, moi ?

— Jeanne, derrière cette porte, il y a une… prison, comme celle où je t'ai trouvée lors de notre première rencontre, tu te souviens ?

Jeanne frémit. Elle se rappela les horribles sensations qu'elle avait ressenties quand elle y avait pénétré sans savoir où elle se trouvait.

— Et vous voulez que j'y entre à nouveau, c'est ça ?

— Tu n'auras pas à y entrer, juste à ouvrir la porte, comme tu l'as fait l'autre fois, pour faire sortir le Maître des Astrandes.

— Mais je ne sais pas comment j'ai fait, ça s'était ouvert tout seul.

— Sûrement pas ! Les prisons ne s'ouvrent jamais toutes seules ! Imagine, si c'était le cas…

Jeanne en convint. Mais quelque chose la contrariait.

— Et pourquoi le Maître des Astrandes serait en prison ? C'est pas logique !

— Oooh ! C'est une vieille histoire. Verseau s'est retrouvé en prison il y a fort longtemps, à la suite d'un malentendu. On l'a accusé d'avoir transformé un Astrande en Neutrande.

— Et c'était pas vrai ?

— En fait, Verseau était le Grand-Maître d'une jeune apprentie à qui il est arrivé la même chose que toi : sans qu'on comprenne pourquoi ni comment, un de ses Astrandes s'était transformé en monstre. Elle a fait appel à Verseau parce qu'il était son Maître, mais aussi en raison de ses grandes connaissances sur le sujet. Il a alors mis au point un antidote qui aurait permis au Neutrande de redevenir Astrande. Mais il fut trahi, arrêté et emprisonné avant d'avoir eu le temps de soigner le Neutrande.

Les gémissements derrière la porte se firent plus forts.

— Verseau est là, reprit Mueraa d'une voix décidée.

Il attend qu'on rétablisse la vérité et qu'on l'innocente ! Toi seule peux le faire, Jeanne ! Grâce à toi, on fera d'une pierre deux coups : on guérit ton Astrande et on prouve l'innocence de Verseau.

La jeune fille ne savait plus quoi penser. Elle était tellement épuisée qu'il lui devenait très difficile de se concentrer et de prendre une décision. Elle se rappela la première fois qu'elle avait vu Swann, si drôle, si attendrissant. Cela lui brisait le cœur de savoir que, maintenant, toute cette joie et cette gentillesse étaient enfermées dans l'horrible créature qu'était le Neutrande. Et puis, si son état de santé à elle était bien lié au Neutrande, Verseau, en soignant Swann, la guérirait aussi.

— Bon, c'est d'accord, lança-t-elle. Je vais ouvrir la porte. Enfin, je vais essayer.

Elle ne vit pas l'éclair mauvais de satisfaction passer dans les yeux violets du rat.

— C'est ça. Essaie, dit-il. Tu en es capable, je le sais. Cela fait partie de tes exceptionnels pouvoirs, même si tu n'en as pas conscience.

La jeune sorcière se plaça devant la porte, essayant de se souvenir de ce qu'elle avait fait la fois précédente, dans l'Entre-Deux. Elle plaça ses deux mains devant elle, effleurant le bois de la porte, et ferma les yeux. Elle n'eut pas à attendre très longtemps : la porte se mit à trembler tandis que Mueraa l'encourageait à continuer.

— C'est ça, Jeanne, c'est ça ! La porte est en train de s'ouvrir, continue…

Jeanne se concentra plus fort encore. Elle avait l'impression de ne plus avoir conscience de ce qui se passait autour d'elle. Elle percevait seulement les mouvements de la porte qui cédait et les gémissements derrière qui se faisaient plus forts. Un souffle souleva ses cheveux, et une odeur pestilentielle lui attaqua les narines.

— Encore quelques efforts, tu y es, tu y es presque… fit la voix aigre de Mueraa.

Soudain, une main attrapa son bras et la tira brutalement en arrière. Elle ouvrit les yeux sans comprendre. Elle voyait flou, mais remarqua que quelqu'un referma avec violence la porte qu'elle avait ouverte. Puis la forme – était-ce un homme ? – brandit un grand bâton dans tous les sens en poussant des cris terribles. On la tenait toujours par le bras. Une voix qu'elle eut du mal à reconnaître lui cria :

— Jeanne ! Viens ! On sort de là !

— Emmène-la, Clarisse ! hurla la personne qui tenait le bâton. Je repousse le rat !

— Non ! Charles ! Viens aussi ! Il a des pouvoirs ! Cours !

Les deux enfants agrippèrent Jeanne et l'entraînèrent en courant de toutes leurs forces vers la sortie. Jeanne continuait à entendre la voix de ses amis comme s'ils étaient très loin.

— Le rat ne nous suit pas…

— J'ai vu quelqu'un d'autre avec lui.

— On s'en fiche, on sort !

En quelques instants, ils furent à la cheminée, puis dans l'entrée du manoir. Ils ne s'arrêtèrent de courir qu'une fois dehors. Jeanne reprenait peu à peu ses esprits. Ils s'assirent tous les trois par terre, dans l'herbe, à bonne distance de la grande bâtisse. Jeanne, bien que très fatiguée, avait récupéré une vue normale. Elle découvrit ses deux amis devant elle, rouges et échevelés, qui la regardaient avec effroi.

Elle éclata en sanglots :

— Mais qu'est-ce que vous avez fait ?… Qu'est-ce que vous avez fait ?…

— Eh ben c'est la meilleure, celle-là ! On te sauve des griffes du rat, et tu nous demandes ce qu'on a fait ? fit Charles avec un mouvement de colère.

— Il était en train de m'aider à sauver mon Astrande ! Et ça m'aurait guérie par la même occasion.

— Jeanne ! Moi je pense qu'il te manipule, dit lentement Clarisse en adressant un sourire doux à son amie. Je ne suis pas sûre du tout qu'il fasse tout ça pour t'aider… Il doit y voir son propre intérêt.

— C'est sûr, approuva Charles.

— Je ne sais pas, je ne sais plus… Je n'en peux plus…

Un grand silence se fit entre eux trois. Jeanne reprit :

— Comment… Comment vous m'avez trouvée, au fait ?

— On t'a suivie, expliqua Charles, on a vu ton foulard dans la cheminée. Après avoir cherché un petit bout de temps comment l'ouvrir, on a fini par essayer le truc en forme de chien, là, et on t'a trouvée en transe devant cette porte, avec le rat derrière toi, qui avait l'air complètement fou et…

— … et on n'a pas réfléchi et on t'a sauvée, voilà ! Tu te sens mieux ? On peut repartir ? Je n'ai plus envie de rester ici, cet endroit me fiche la chair de poule, en fait.

— Oui, oui, on rentre. Ça va aller, ne vous inquiétez pas.

— Ne vous inquiétez pas ! s'écria Charles. Ne vous inquiétez pas ! Mais tu t'entends ? Enfin, on te trouve dans une cave qui sent mauvais, dans un état proche du coma, avec un rat agressif à tes pieds, et tu nous demandes de ne pas nous inquiéter ? Et puis, j'imagine que, comme d'habitude, tu ne veux en parler à personne, évidemment ?

— Non, non ! On n'en parle à personne, surtout ! Promettez-moi !

— Tu as tort, Jeanne, insista Clarisse. Tu ne peux pas rester dans cet état. T'as l'air d'un fantôme, des fois, tellement t'es pâle.

— Je vais trouver une solution, les Maîtres cherchent, et puis aussi… Non, je vous jure, on va trouver, faites-moi confiance.

Charles et Clarisse se regardèrent, désespérés. Ils ne savaient pas quoi faire pour aider leur amie, qui n'y mettait pas beaucoup du sien non plus.

Ils raccompagnèrent Jeanne chez elle. La jeune fille, consciente de leur peine, les remercia longuement.

— Je vous jure, ça va s'arranger. D'une manière ou d'une autre, je vais trouver une solution…

— Ouais ben on aimerait que ce soit d'une manière pas dangereuse pour toi, si c'est possible.

Jeanne sourit à Charles. Puis à Clarisse. Elle leur fit à chacun une bise sur la joue, puis ils se séparèrent, et elle rentra chez elle.

Rébellion l'attendait sur le pas de sa porte de chambre.

— Fillette, il y a du nouveau. On file au Laboratoire.

Jeanne n'eut même pas le temps de réfléchir à ce qu'il s'était passé avec Mueraa qu'elle dut repartir tout de suite.

En un sens, ça l'arrangeait, car elle ne savait pas du tout quoi penser de tout ça. Avait-elle réussi à ouvrir la porte de la prison ? Qui était réellement Verseau ? Mueraa avait-il vraiment l'intention de l'aider à sauver Swann et elle-même ? Tout était tellement confus dans sa tête…

Au Laboratoire, elle trouva Fin-Galad, Nennvial et Azalée rassemblées autour d'une Pétronille très énervée.

— Avant de vous parler des Focus, Azalée et moi, on voulait vous dire qu'on a essayé plusieurs techniques pour faire apparaître la deuxième partie du livre d'Eleutérius. Vous vous souvenez ?

— Oui, oui, miaula Rébellion, la partie qui a disparu, en fait.

— Voilà. On a comme l'impression que c'est écrit avec une sorte d'encre invisible, mais on ne trouve pas comment faire. On a pourtant essayé plusieurs méthodes, mais rien n'y fait.

Fin-Galad eut l'air contrariée. Elle était assise sur le rebord du bureau, et sa longue robe aux reflets mordorés, comme un miroitement d'étoiles, s'étalait un peu sur la table.

— Vous continuerez vos recherches, ordonna-t-elle d'un ton un peu plus sec qu'elle n'aurait voulu.

Elle avait le sentiment intime que beaucoup de réponses à leurs questions se trouvaient dans cette partie du livre.

— Oui, oui, bien sûr, acquiesça Pétronille. Sinon, pour en revenir à notre sujet, Azalée et moi, on a étudié toutes les possibilités de découvrir un Focus tardif dans le livre d'Eleutérius, et dans d'autres aussi, qu'on a trouvés à la bibliothèque. En fait, il existe une littérature sur le sujet bien plus importante que nous ne le pensions. Bref, eh ben, yen a des techniques, des plus farfelues aux plus... dangereuses.

Nennvial ramena machinalement sa longue queue-de-cheval blonde sur son épaule, jouant machinalement avec ses cheveux.

— Y a quelque chose qui m'échappe avec cette histoire de Focus. À votre avis, pourquoi Rameau a-t-il tant besoin de savoir où se situe celui de Jeanne ?

Pétronille regarda un instant le livre qu'elle avait posé devant elle.

— Je pense que j'ai trouvé la réponse dans le livre d'Eleutérius. Il est écrit que, pour s'approprier le Focus d'un autre sorcier, il faut plusieurs choses. D'abord, que le jeune sorcier n'ait pas encore prononcé ses vœux définitifs...

— Ça, on le savait déjà, grogna Azalée, à qui Pétronille lança un regard agacé avant de continuer :

— Mais il y a autre chose également, qui concerne le sorcier qui veut s'approprier ce nouveau Focus : il doit impérativement préparer son propre corps à recevoir un autre Focus en passant quotidiennement un onguent spécial à l'endroit exact du Focus qui sera volé au jeune.

Toutes se regardèrent. Ce détail apportait un éclairage nouveau à l'histoire de Jeanne. Nennvial, pensive, tenta de résumer :

— Donc, si je comprends bien, ça veut dire que, si le Focus de Jeanne est sur un orteil, Rameau doit se frotter l'orteil avec une espèce d'onguent spécial ?

— C'est exactement ça, confirma Pétronille.

— D'où la nécessité de trouver rapidement où Jeanne

a son Focus ! affirma Azalée. Il faut que ce soit nous qui le trouvions, de manière la moins douloureuse possible.

— Voire pas douloureuse du tout, insista Fin-Galad.

— Oui, enfin, on va vous faire la liste des manières de trouver un Focus tardif, vous allez voir que c'est pas du gâteau.

— Alors on écoute cette liste, dit Fin-Galad en croisant les bras et en s'asseyant à côté de Jeanne.

Pétronille attrapa une liasse de feuilles qui étaient dans tous les sens. Elle essaya de mettre un peu d'ordre dedans, sans succès, et commença son exposé :

— Oui, on vous passe les trucs bizarres du genre : *recouvrir le corps de croquettes, le Focus se trouve précisément là où un chat ne les aura pas mangées* ; ou encore *piquer le corps du sorcier avec une fourchette, et là où ça met le plus de temps à saigner c'est l'endroit du Focus*, pour en venir aux choses sérieuses.

— Enfin, sérieuses, si on veut.

— Oui, tu as raison, Azalée, si on veut… Bref. On a la sève : si le corps en est recouvert, la sève se transformera en ambre à l'endroit du Focus.

— Ouais. Ça, c'est ce qui m'est arrivé dans l'arbre creux…

— Sauf que la technique n'a pas eu le temps d'aller au bout, puisque Musty est intervenue avant.

— Oui.

Jeanne se retourna pour bâiller discrètement. Ses yeux piquaient, et elle se sentait très lasse, d'autant plus que l'expérience dans le souterrain sous le hameau, à tenter d'ouvrir la porte, lui avait pris encore plus d'énergie. Comme à son habitude, elle faisait des efforts surhumains pour ne pas le laisser paraître. Pétronille continua :

— Il y a la pellicule photo, aussi. Vous savez, ce qu'on mettait dans les vieux appareils photos avant l'apparition du numérique.

Jeanne fut soudain plus attentive. Une pellicule d'appareil photo, ça lui rappelait vaguement quelque chose, mais elle ne se souvenait plus de quoi.

— Eh bien il paraît qu'au contact d'un Focus la pellicule change d'aspect, comme si elle se recouvrait d'un voile blanchâtre.

Azalée prit la suite :

— On peut aussi faire couler de l'or liquide sur la personne, et il se solidifie plus vite là où se trouve le Focus.

— Ah ! Mais c'est affreux, ne put s'empêcher de s'écrier Jeanne.

Azalée secoua sa main de haut en bas, marquant ainsi qu'elle compatissait. Elle continua :

— Le test des fourmis rouges n'est pas mal non plus. En baignant un apprenti-sorcier dans une fourmilière, on les verra se regrouper autour du Focus.

— La colle, aussi : elle n'adhère pas à la peau à cet endroit…

— Un requin pourra dévorer un sorcier en entier, mais laissera toujours son Focus indemne.

— De même qu'un tigre, d'ailleurs…

— Charmant…

— La glace. Si un jeune sorcier est enseveli sous la glace, le seul endroit qui ne gèlera pas est son Focus.

— Eh ben, que des joyeusetés, constata Fin-Galad en faisant la grimace.

— On n'a rien de plus normal à faire nous-mêmes pour le trouver ?

— J'ai bien pensé à mettre de l'huile et du vinaigre sur Jeanne, et là où ça fait une vinaigrette c'est que c'est son Focus…

Tout en disant ces mots, Pétronille fit un énorme clin d'œil à la jeune sorcière, qui éclata de rire.

— Ah ! Je savais bien que tu aimerais cette technique-là, nom d'un bigoudi !

— C'est une vraie technique ? s'inquiéta Azalée.

— Mais non, c'est moi qui viens de l'inventer, patate !

— Ce que tu peux être bête, ma pauvre Pétronille…

— J'avais envie de détendre un peu l'atmosphère, nom d'un bigoudi ! C'est pas interdit, tout de même. Cette pauvre gamine n'a que des malheurs, alors on peut au moins la faire rire de temps en temps, non ?

Tout le monde se tourna vers Jeanne, qui souriait tendrement à son Petit-Maître. C'est vrai qu'elle semblait tellement fatiguée et démoralisée que, finalement, Fin-Galad posa la main sur l'épaule de Pétronille en approuvant de la tête avec un petit sourire.

— Excellent, Pétronille, le coup de la vinaigrette.

Pétronille fit un nouveau clin d'œil à Jeanne, qui se rendit compte que la vieille sorcière ne savait pas trop bien s'y prendre en cette matière : elle fermait un œil, l'autre à moitié, une de ses narines remontait, sa bouche se tordait en gonflant une de ses joues. Tout ça en même temps. Jeanne le lui rendit son clin d'œil, en espérant ne pas être aussi bizarre qu'elle.

— Bon, revenons maintenant aux choses sérieuses, reprit Fin-Galad. Vous avez d'autres techniques ?

À tour de rôle, Pétronille et Azalée listèrent des manières de retrouver le Focus, mais beaucoup comportaient un risque important pour la santé du sorcier sur qui on les faisait, ou étaient trop farfelues pour être vraies, ou encore nécessitaient des ingrédients dont personne n'avait jamais entendu parler.

— C'est décourageant, tout de même.

Au même moment, Saragan entra dans le bureau des Petits-Maîtres. Elle portait Musty sur son épaule, et Jeanne se leva d'un coup malgré son immense lassitude. Voir Musty lui redonnait du courage. La fouine sauta de l'épaule de Saragan sur celle de Jeanne et se blottit dans son cou, au grand plaisir de la jeune sorcière.

— Bonjour, Jeanne… Je suis tellement heureuse de te retrouver.

— Et moi, de te voir guérie.

Saragan les interrompit en annonçant d'un air sombre :

— J'ai les résultats de l'analyse des cheveux de Jeanne.

— Alors ? fit Pétronille en cessant de rire.

— Eh bien ce n'est pas réjouissant. J'ai découvert qu'il y avait du poison – le même que celui du Neutrande – dans tous ses cheveux. C'est bien à cause de ça que la greffe de Swann a entraîné toutes ces horribles transformations.

— Mais alors, pourquoi Élie et Sasha n'ont pas été empoisonnés ?

— Je vous explique. Le poison s'est diffusé en progressant dans les cheveux de Jeanne très lentement, et quand elle en a coupé un en trois, seule la partie la plus proche de son cuir chevelu, celle qu'elle a donnée à Swann, était infestée. Le produit n'avait pas encore eu le temps de se répandre dans tout le cheveu.

— Tout s'explique alors, fit Jeanne, pensive. Mais ce poison, c'est quoi exactement…

— Oui, s'inquiéta Fin-Galad, et quelles sont les répercussions pour Jeanne ?

— Je ne sais pas. C'est une substance inconnue, mais, quand je l'ai testée sur des cellules, elles se sont toutes métamorphosées… provoquant à long terme… la… mort…

Pétonille explosa :

— Mais Jeanne n'est pas une cellule, nom d'un bigoudi ! Et elle se porte très bien…

Sentant tous les regards se poser sur elle, Jeanne ne réussit plus à cacher son véritable état, d'autant plus que Fin-Galad et Rébellion n'étaient pas dupes.

— Pas si bien que ça, en fait… Je n'ai plus d'énergie, plus de force. Et il ne fait plus de doute que c'est bien le poison qui me rend malade. Mais, au fait, qui m'a empoisonnée ?

Jeanne se rendit compte au moment même où elle prononçait ces mots que Mueraa lui avait menti : ce n'était pas la transformation de Swann qui la rendait malade, mais bien quelqu'un qui l'avait réellement empoisonnée.

— Tu n'as été en contact avec personne qui aurait pu te faire une piqûre, ou te faire manger quelque chose d'inhabituel ?

Jeanne chercha dans ses souvenirs, mais ne voyait vraiment pas comment on aurait pu lui faire avaler ce poison.

— Ce qui est inquiétant, reprit Saragan, c'est que j'ai fait deux prélèvements sur Jeanne à quelques jours d'intervalle… et que le deuxième prélèvement contenait encore plus de poison que le premier… Ce qui veut dire…

— … Ce qui veut dire que quelqu'un continue d'empoisonner Jeanne…

❋❋❋

— Verseau, mon complice de toujours, mon serviteur le plus fidèle… Enfin je te retrouve, mon fidèle bras droit. Avec toi, nous allons faire de grandes choses, je te le jure ! J'espère que la prison de palier 3 n'a pas amolli ton esprit violent et obstiné !

— Non ! Rameau ! Mon Maître ! Bien au contraire ! Toutes ces années à penser à ma vengeance et à la tienne !

— Oui, enfin ! ENFIN !!!

Il faisait très chaud depuis plusieurs jours. Le mois de juin s'annonçait caniculaire. Jeanne, Charles et Clarisse passaient d'un sentiment à l'autre : la joie d'aller en sixième, et la tristesse de quitter le cocon de leur école élémentaire. Ils voyaient bien aussi que madame Hanneton, derrière ses airs de directrice sévère, était triste de les quitter : elle était plus décontractée, avait remarqué Charles, punissait beaucoup moins ses élèves, n'utilisait presque plus son sifflet et s'attardait parfois à regarder sa classe avec les yeux dans le vague et un petit sourire nostalgique.

Jeanne n'avait plus eu de contact avec Mueraa.

En attendant de trouver un antidote, projet sur lequel les Grands-Maîtres travaillaient d'arrache-pied, ils lui faisaient prendre régulièrement des potions qui lui redonnaient un peu d'énergie. Mais l'efficacité en était limitée, surtout que Saragan, qui faisait régulièrement des analyses sur Jeanne, continuait de constater que le taux de poison dans son corps augmentait chaque jour un peu plus sans qu'on sache comment il arrivait dans son sang.

À l'école, la kermesse de la fin d'année approchait. Finir l'année en beauté, avec une fête qui rassemble tout le monde, c'était pour les CM2 un moment important. Cette année, les enseignants et les parents d'élèves avaient mis le paquet : la cour de l'école était décorée de lumières multicolores, une retraite aux flambeaux était organisée dans les rues de Mortepaille, un gigantesque buffet était plein à craquer de choses à manger plus bonnes les unes que les autres, et puis des jeux de toutes sortes s'étalaient dans toute la cour. Sans compter le spectacle des élèves de CP et CE1, et le fameux bal de fin d'année.

Tandis qu'ils marchaient dans les rues du village, tenant chacun un flambeau éclairé de l'intérieur par une bougie, Jeanne, Clarisse et Charles se racontaient des anecdotes de cette année scolaire passée si vite. Achille les doubla en leur faisant un grand sourire.

— Tiens, comme c'est la fête, j'en ai pris plein, fit-il en proposant un sac de fraises en sucre à Jeanne.

Elle le remercia, et il s'éloigna, rejoignant Vanina et Léonard. Charles grogna :

— Mais il veut t'acheter ou quoi, avec tous ces bonbecs ?

— Il veut seulement se racheter, je pense. C'est plutôt sympa, non ?

— Mouais ! Enfin, tu sais ce que j'en pense…

— Allez, Charles, c'est la fête. Cool !

Après avoir sillonné plusieurs rues en tout sens, le défilé regagna la cour de l'école. Jeanne ne dit rien à ses amis, mais le parcours l'avait fatiguée, et elle s'assit dans un coin tandis que ses amis se jetaient sur le buffet.

— Tu ne manges rien, Jeanne ?

— Non, j'ai pas très faim.

— C'est pour ça que tu te goinfres de bonbons depuis tout à l'heure…

— Ben faut pas avoir faim pour manger des bonbons, toi !

— Ouais… Tu ferais mieux de manger équilibré, avec cette bonne pizza ou ce merveilleux gâteau au chocolat !

— Tu parles que c'est équilibré, lui répondit Clarisse en lui donnant un coup de coude.

Jeanne sourit faiblement. Ses amis s'éloignèrent pour continuer à remplir leur assiette et elle se retrouva seule. D'un coup, elle se sentit très faible : sa tête se mit à tourner et sa vision se troubla. Elle tremblait comme si elle avait de la fièvre.

Elle regarda au loin ses amis qui riaient. Elle n'arrivait même plus à rire avec eux. Et ça allait de pire en pire.

Alors, sans rien dire, Jeanne se leva et sortit de l'école. Pour ne pas être suivie par Mousquette, elle tenta un sort qu'elle avait lu quelques jours auparavant, qui lui permettait de couper les liens avec ses veilleurs. Puis elle se dirigea vers le manoir.

La nuit était encore chaude et la lune, très haute et brillante, éclairait les rues. Jeanne leva la tête. Elle avait réussi son sort : Mousquette ne la suivait pas.

Malgré sa grande faiblesse, Jeanne avançait d'un pas décidé. Quand elle arriva au manoir, elle n'y jeta pas un œil et poursuivit son chemin vers l'étang. Il lui fallait maintenant trouver comment parvenir jusqu'à l'île, mais elle n'eut pas à chercher longtemps. Avec la sécheresse, le niveau de l'eau avait baissé et, à un endroit, une bande de terre affleurait qui conduisait droit à l'îlot central. Jeanne emprunta ce chemin, guettant à droite et à gauche, dans l'eau, de part et d'autre du passage, de peur que le monstre que Charles et elle avaient vu quelques mois auparavant n'en surgisse brusquement. Mais rien n'apparut, et, au bout de quelques minutes qui lui parurent des heures, elle arriva à la cabane. Là, elle poussa la porte en bois vermoulu, qui s'ouvrit dans un sinistre grincement. À cet instant précis, un nuage cacha la lune, et l'île se trouva plongée dans l'obscurité.

— Je t'attendais, Jeanne. Je savais que tu reviendrais vers moi…

— Eh bien me voilà, fit simplement la jeune sorcière.

— Il n'y a que moi qui pourrai te sauver. Ton instinct qui t'a ramenée ici ne t'a pas trompée… Cela dit, il va me falloir du temps pour te guérir : le poison qui te ronge ne sera pas facile à déloger…

— Le temps, c'est pas grave, murmura Jeanne à bout de forces. J'en peux plus d'être comme ça, je n'ai plus d'énergie, je suis tout le temps triste… Ce n'est plus possible.

— J'imagine que tu as une idée sur ce que je veux en échange, n'est-ce pas ?

Dans l'obscurité, Jeanne vit une forme étrange se détacher du fond de la pièce. Elle fut surprise de constater que Rameau n'était pas sous sa forme de rat. Elle écarquilla les yeux pour mieux voir, mais il faisait très sombre, et sa vue était toujours trouble. D'une voix faible, elle répondit :

— Oui. Vous devez trouver où est mon Focus…

La voix doucereuse du Maître-Violet reprit :

— Mais c'est bien, ma petite, tu es perspicace… Allez ! Viens t'asseoir là, sur ce fauteuil. Tu y seras bien. En attendant, tu dois te reposer, tu dois…

Jeanne n'entendit pas la fin de la phrase. Très affaiblie, elle lutta vaguement contre la somnolence qui la gagnait, puis s'endormit d'un sommeil de plomb.

Le poison

Dans la cour de l'école, Charles et Clarisse cherchaient leur amie. Ils demandaient à tout le monde, mais personne ne l'avait vue.

— Mais où est Mousquette ? fit Clarisse. Si on trouve Mousquette, on trouve Jeanne, non ?

— T'as raison ! Tiens, regarde, elle est juste au-dessus de l'école. On essaie de l'appeler ?

Discrètement, les deux jeunes se cachèrent dans un coin pour essayer d'attirer l'attention du rapace. Au bout de quelques instants, Mousquette descendit vers eux.

— On cherche Jeanne, tenta de lui expliquer Charles en faisant de grands gestes incompréhensibles. Jeanne, tu m'entends ? Où est Jeanne ? On ne la trouve plus !

Comme s'il avait compris, l'épervier tourna la tête dans tous les sens, et les enfants purent lire un éclair de panique dans ses petits yeux noirs : Mousquette non plus ne savait pas où était Jeanne. Elle s'éleva à nouveau dans le ciel, sillonnant tout l'espace au-dessus de la cour de récréation. De leur côté, Clarisse et Charles partirent à la recherche de leur amie dans tous les endroits de l'école, préau, classes, et même dans les toilettes. Alors qu'il allait entrer dans celles des garçons, Charles fut arrêté par un pressentiment. Une voix s'échappait de l'intérieur, il se pencha légèrement pour voir : Achille avait la tête baissée sur une substance rose, il était en train de former des petites boules, comme des… fraises. Charles, interloqué, fit soudain le rapprochement et repartit en courant voir Clarisse.

— Je le savais ! Je le savais !

— Quoi ? Quoi ? Charles ! Calme-toi ! Qu'est-ce qu'il y a ?

— Je vous l'avais dit !

— Mais quoi, Charles ? Explique, enfin !

— Achille ! La substance rose qu'il manipulait dans sa serre… C'est avec ça qu'il fait les bonbons en forme de fraise ! C'est avec ça…

— … qu'il a empoisonné Jeanne !

* * *

À l'autre bout du village, dans l'ombre de la cabane malodorante au centre de l'étang, Rameau se frottait les mains en riant méchamment.

— Ha ! Ha ! Ha ! Jeanne ! Enfin ! Je vais enfin pouvoir tranquillement trouver ton Focus ! Et je connais plein d'expériences pour y parvenir…

Sa voix se fit plus forte, il leva la tête vers le plafond au moment où la lune réapparut par une petite fenêtre, laissant apparaître un visage déformé, aux joues maigres, au nez osseux, aux oreilles en pointe, au menton proéminent.

— Ha ! Ha ! Ha ! Jeanne de Mortepaille ! *TUUS FOCUS MIHI BREVI ERIT !*

SOPHIE NOËL

Sophie est institutrice, maman, écrivain, conteuse, et partage sa maison familiale avec un grand chien noir un peu foufou, deux chats câlins et deux poissons rouges pas très bavards. Elle adore les enfants, les animaux, les (gentilles) sorcières, la forêt, les livres et les tartelettes au citron. Elle déteste l'injustice, la misère, les (méchantes) sorcières, le réchauffement climatique et les choux de Bruxelles. Alors elle écrit pour les enfants, des histoires d'enfants, de sorcellerie, d'animaux, de solidarité et de nature, en essayant de ne pas trop écraser les miettes de ses tartelettes sur le clavier de son ordinateur.

Elle aime rencontrer ses lectrices et ses lecteurs, alors tu peux déjà lui écrire sur son blog pour parler avec elle de Jeanne de Mortepaille : sophie-noel.blogspot.fr

Reproduit et achevé d'imprimer en août 2018
par Leporello, en Lettonie,
pour le compte de Gulf stream éditeur,
31, rue Alfred Riom, 44100 Nantes
www.gulfstream.fr
Dépôt légal 1re édition : octobre 2018